기어코 ✛ 반짝일 ✛ 너에게

기어코
반짝일
너에게

김규남 지음

21세기북스

'꿈'

이 한 글자의 단어만으로도 설렘과 행복이 가득한 상상 속에 살기도 하고, 걱정과 두려움에 사무쳐 밤잠을 설치기도 합니다. 물론 후자를 많은 분들이 공감할 것이라고 생각합니다. 이 책은 꿈을 향해 달려가고 있지만, 힘들고 지쳐 앞으로 나아가길 망설이고 있는 분들께 '시작할 수 있는 용기'를 줄 수 있는 책인 것 같습니다. '김규남'이라는 한 사람이 꿈을 좇아 치열하게 살아온 삶의 과정을 통해, 많은 이들에게 응원과 격려의 메시지를 전할 수 있다고 생각하기 때문입니다.

이 책을 집필하며 많은 고민과 노력을 했을 규남이에게 고생했다고 전하고 싶습니다. 짧다면 짧고 길다면 긴 2년이 조금 넘는 시간 동안 규남이와 함께 지내며 규남이에 대해 많은 것을 알고 있다고 생각했습니다. 하지만 이 책을 읽으며 마치 규남이의 일기장을 들여다본 것처럼 제가 몰랐던 '김규남'이라는 한 사람의 인생을 디테일하게 들여다볼 수 있었던 것 같습니다. 그리고 덕분에 제 가슴 속에 '꿈'을 위한 열정의 불씨가 다시 한번 활활 타올랐던 것 같습니다. 10대, 20대의 규남이에겐 고생했다고, 그리고 이제 30대를 맞이한, 앞으로도 더욱더 빛이날 규남이와 함께할 수 있어 영광이라고 전하고 싶습니다.

마지막으로 이 책을 읽으며 제가 가장 좋아하는 노래 중 하나인 러브홀릭스의 '버터플라이' 라는 노래가 떠올랐습니다. 이 노래의 가사 중에 이 세상이 거칠게 막아서도, 빛나는 너를 사랑한다고, 널 세상이 볼 수 있게 날으라고 말하는 부분을 굉장히 좋아하는데, 지금도 빛나고 있는 규남이와, 태양처럼 빛을 내고 있지만 망설임이라는 그림자로 주저하고 있을 모든 사람들을 응원합니다.

배우 윤태용

우리는 이끌린다. 새벽 1시의 라면에 이끌리고 시원한 맥주에 이끌리고 또 작가에게 이끌려 이 책에 도착했다. 이 책은 매분 매초 돌아갈 수 없는 시간을 등지고 살아가는 우리에게, 지금껏 어떤 것에 이끌려 살아오고 있었냐고 묻는 것 같다. '30'이라는 숫자 위에 잠시 멈춰선 작가가 뒤를 돌아보고선 먼저 자신의 얘기를 솔직하고 담담하게 말해준다. 그 이끌림의 과정에는 고통이 있었고 아픔도 많았고 후회도 남아 있었다. 하지만 한 순간도 빛나지 않은 순간은 없었다. 다시 책 앞을 보니 제목이 아니라 받는 사람이 적혀 있는 듯하다. '기어코 반짝일 너에게'.

배우 윤혁준

✦

나는 나를 사랑한다.
내 이름도, 서른이라는 나이도

내 이름은 김규남. 별 규奎에 사내 남男을 쓴다. 의미가 뭐
가 됐든 훗날 무탈하게 살아가기를 바라는 마음이 담긴 이
름이라는 건 분명하다. 하지만 어릴 때는 이 이름이 싫었
다. 학창 시절, 한자로 이름을 써내야 했을 때는 여자인데
사내 남을 쓰는 게 부끄러워서 남녘 남南을 적어서 제출했
을 정도였다. 지금 생각하면 그때의 나는 참 엉뚱했던 것
같다. 아니, 소심했다고 말하는 게 더 맞겠다. 사내 남이 뭐
어떻다고. 왜 그 한자를 쓰냐고, 왜 이름이 규남이냐고 뭐

라고 할 사람은 아무도 없는데 나는 남의 시선을 참 많이 의식하면서 살았던 것 같다.

어른이 되어서도 나를 대변하는 이름에 대해 고민이 많았는데, 배우 활동을 시작하기 전에 활동할 때 쓸 가명을 잠깐 고민해 본 적도 있었다. 나다우면서도 '나'를 보여줄 적당한 이름을 찾지 못한 채 첫 작품에 들어가게 되었고 작품 속 엔딩 크레디트에 올라간 내 이름을 보고 깨달았다. 나다우면서 나를 증명할 이름은 지금의 내 이름이라는 것을.

내 이름이 가진 나름의 장점은 많았다. 활동을 막 시작했을 무렵, 한 번이라도 나를 기억해 줄 누군가가 있어야 했을 때 스태프분들은 내 이름이 남성적인 이름이어서 쉽게 잊히지 않는다고 했다. "규남이요?"라고 되묻기도 하고, 다시 한번 얼굴을 쳐다볼 때면 이름 덕분에 나를 기억해 주는 것 같아 더 소중해지기도 했다. '김규남'이란 이름을 보고 당연히 남자라고 생각했다가 내가 등장했을 때 다들 당황해하면서도 이름을 잊어버리지 않고 불러줄 때면 내 이름이 특별하다는 걸 다시금 깨닫게 되었다.

점점 나의 이름을 내걸고 하는 일이 많아진다. 이름이 내가 되어가는 순간들을 목격할 때마다 이름의 의미를 생각하게 된다. 지금의 내 이름이 좋은 이유는 내가 좋아진 것과 같은 의미일 수도 있겠다.

이름은 부르는 대로 이뤄지기를 바라는 마음에서 붙였기 때문에 이름이라고 한다. 그래서 이름은 자신을 표현하는 또 다른 얼굴이 되기도 한다. 하나의 몸짓에 지나지 않는 것에 이름이 붙으면 비로소 존재의 의미를 가지듯 우리의 이름도 누군가에게는 분명 그런 대상일 것이다.

나이도 마찬가지다. 내 의지로 붙잡을 수도 없고, 남들보다 빠르게 흘러갈 수도 없듯 '그때'의 나이가 주는 의미가 있지 않을까? 어느덧 나는 서른을 맞이했고, 어릴 때는 한없이 어른 같아 보였지만 어른이라고 하기에는 어설프고 어리다고 하기에는 책임질 게 많은 어정쩡한 나이가 되고 말았다. 수없이 흔들리고, 갈등하며 10대와 20대를 보냈다면 30대는 흔들리지 않고 나다운 모습으로 살아갈 뿌리를 내려야 하지만, 아직은 쉽지만은 않다. 그럼에도 서른을 좀 더 특별하게 맞이하기 위해 나의 서른 일기를 시작해 보려고 한다. 내 이름에 부끄럽지 않은 인생을 살고 싶기에 내 이름과 함께 만들어갈 나의 30대가 기대된다.

나는 내가 가진 것들을 사랑할 준비가 되어 있다. 내 이름도, 내 성격도, 지금의 내 나이도 사랑한다. 그리고 나와 함께하는 사람들과 이 좋은 시간을 꼭꼭 씹어 먹으며 지나가고 싶다. 그게 서른의 나에게 주는 최고의 선물일 테니까.

✦ 차례 ✦

1부

그럼에도
이끌린다는
건

✦

소심하다고
꿈이 없는 건 아니니까

소심함을 인정하면
편안해진다

어릴 적 나를 설명하는 단어는 '소심'이다. 소극적이고 내성적이며 부끄럼도 많았다. 물론 소심하다는 게 꼭 소극적이라는 말은 아니지만, 나에게는 늘 따라다녔던 한 세트 같은 단어들이다. 얼마나 소심했는지 명절날 친척들이 집에 찾아오면 방에 들어가 숨어 있거나, 한참 동안 방 밖으로 나오지 않았다. 무엇보다 '아무도 나에게 말을 걸지 않았으면…' 하고 바랄 때가 참 많았다.

이런 성격이 학창 시절이라고 달라졌을까? 물론 아니다. 초등학교를 거쳐 중학교 때까지만 해도 튀지 않고 무난하게 보냈지만, 문득 도시로 가고 싶다는 생각이 들었다. 태어나고 자란 곳은 어린 내 눈에도 작고도 좁은 도시였기에 더 크고 넓은 곳에서 살아보고 싶었다. 어쩌면 새로운 곳에 가면 내 성격이 더 대담해지고 사교적으로 변할지도 모른다는 약간의 기대감이 있었는지도 모른다. 그래서 고등학교는 내 기준 대도시로 보였던 전주로 진학하게 됐지만, 한 학년에 세 학급뿐이었던 고향의 중학교와 달리 열 학급이나 되는 전주의 고등학교에 가게 되면서 나는 더 소심해졌고, 존재감도 조금씩 사라져갔다.

한없이 소심해진 나는 어쩔 수 없이 발표해야 하거나 나서야 하는 상황이 왔을 때는 연기를 한다고 생각하려고 했다. 속으로는 긴장했지만 '긴장하지 않은 연기'를 했고, 심장은 쪼그라들 것 같고 손발이 덜덜 떨렸지만 '아무렇지 않아 보이는 연기'를 했다. 그러고 보니 그때부터 나름의 연기를 해온 것 같다.

'나는 왜 이렇게 소극적이지?', '나는 왜 이렇게 답답할까?'라며 내가 싫었던 때가 있다. 적극적이고 외향적인 척도 해봤지만 그건 내 모습이 아니라는 걸 깨닫는 데는 오랜 시간이 걸렸다. 서른이 된 지금은 내향적인 내 모습을 인정할 수 있게 되었다. 세상에는 적극적인 사람도 있고 나서기 좋아하는 사람도 있으니, 나처럼 조용한 사람이 있는 것도 괜찮지 않을까? 누군가는 분명 이런 내 모습을 좋아할 것이다.

자신이 먼저 '난 소심해'라는 생각에 사로잡히지 않으면 온전한 나로 살아갈 수 있다. 소심함을 인정하고 받아들이는 순간, 자신감이 생기고 내 안의 또 다른 에너지가 생긴다는 걸 느낄 수 있다. 나는 그 편안함에서부터 조금씩 괜찮은 사람이 되려고 노력한다. 괜찮은 인생은 괜찮은 생각을 가진 자기 자신이 만들어가는 것이라고 생각한다.

＋

기회는 준비된 사람에게
온다는 걸 알지만

———————

내가 할 수 있는
작은 성취감을 늘려가자

이제 와서 하는 말이지만, 학창 시절에 소심하고 내성적
이었다고 해서 조용히 책상에 앉아 공부만 한 건 아니다.
오히려 그 반대다. 공부보다는 친구들과 노는 걸 더 좋아했
다. 나와 마음이 맞는 친구들 앞에서는 활동적이고 수다스
러운 학생이 될 수 있었다.

그런 나에게 처음으로 인생의 목표가 생긴 건 중학교 때
였다. 문득 지금의 알을 깨고 더 넓은 곳으로 나가고 싶다

는 생각이 들었고, 목표가 생기니 제일 먼저 해야 할 일이 명확하게 보였다. 공부! 공부를 해야 했다. 솔직히 그때는 왜 공부해야 하는지 가슴으로 알지 못하고 머리로만 받아들였던 것 같다. 하지만 지금은 안다. 공부를 해놓으면 꿈이 생겼을 때 그 기회를 좀 더 쉽게 잡을 수 있다는걸.

　중학교 시절의 나 역시 전주에 있는 고등학교에 가기 위해 열심히 공부했고 그 노력의 결과로 원하는 성적을 얻을 수 있었다. 책을 눈으로만 읽고, 책상 앞에 앉아 있는 게 공부라고 생각했던 내가 처음으로 공부다운 공부를 했고, 약간은, 아주 약간은 공부에 재미를 붙이기도 했다. 그리고 노력한 만큼 결과가 나온다는 것도 알게 됐다. 그게 내 인생의 첫 번째 성취감이었다.

　'나도 할 수 있구나. 해낼 수 있는 아이였구나!'

　열심히 공부해서 좋은 성적을 얻고, 좋은 학교에 진학하면 자신에 대한 믿음이 생긴다. '어라? 내가 이렇게 힘들고 어려운 걸 해냈네? 그럼 다른 것도 할 수 있겠는데?' 하는 생각 말이다. 이건 자신에게만 신뢰를 주는 게 아니다. 가족이나 주변 사람도 나를 인정해 주기 시작한다. "규남이는 공부를 잘하니까, 하고 싶은 대로 하게 놔둬도 걱정이 안 돼. 분명 잘해낼 테니까." 이렇게 든든한 지원군을 얻을 수 있는 것이다. 결국 공부는 자신을 증명하는 일이고, 그 증명을 통해 더 많은 기회를 얻을 수 있다는 건 분명하다.

목표가 있다는 건 삶의 원동력이 된다. 이뿐만 아니라 목표는 우리가 앞으로 나아가고 있다는 것을 의미한다. 그래서 목표는 내비게이션과 비슷한 것 같다. 차를 타면 제일 먼저 내비게이션을 켜고 목적지를 설정하지만, 목표가 없다는 건 차가 움직이기는 하지만 어디로 갈지 모르는 것과 같지 않을까? 목표가 없으면 사람은 게을러지고 쉽게 흔들리고 방황한다. 무엇보다 우리의 잠재력을 찾아준다. 내가 어떤 사람인지, 어떤 것을 좋아하고 싫어하는지, 또 어떤 능력이 있는지, 그동안은 알지 못했지만, 목표가 정해지면 자신도 몰랐던 모습을 발견하고 깜짝깜짝 놀라기도 한다.

처음부터 대단한 목표를 세울 필요는 없다. 대신 작은 성취감을 만들어가는 것이다. 주말에 옷장 정리 끝내기, 일주일에 두 번 운동하기, 게임 하루에 한 시간만 하기, 이렇게 작은 것부터 시작해 보고, '안 되면 그만이지'라고 생각하면 마음이 조금 편안해진다.

'스몰 윈스small wins'라는 말이 있다. 작은 성취감이 모이고 모여, 나의 자존감을 높여준다는 말이다. 대단하지 않아도 좋다. '내가 이런 것도 해냈네? 나 혼자 할 수 있는 게 참 많잖아!' 이런 작은 성공이 쌓이고 쌓이면 결국 삶의 경험치가 된다. 그 경험치가 모이면 자신감이 되고, 자존감을 높여주기도 한다. 그러니까 누가 뭐래도, 자신의 기는 자신이 직접 세워주기를 바란다.

즐거우면
그만이지

재밌는 일을 찾으면
목표가 보인다

    배우가 되고 싶다고 생각한 건, 고등학교 3학년 때였다. 새 학기가 시작되면서 가고 싶은 대학과 과를 써서 선생님께 제출해야 했는데, 그제야 내가 뭘 좋아하나 진지하게 고민했다. 다른 친구들은 꽤 오래전부터 진로를 결정한 듯했고, 각자가 정한 과를 목표로 공부하고 있다는 게 눈에 보였지만 나는 그게 없었다. 하고 싶은 것도 없고, 잘하는 것도 없는데 대학을 가야 하나 막막했다. 그래서 당장 어떤 학과나 학교를 생각할 게 아니라 '나는 무엇을 좋아할까?

나는 뭘 할 때 즐거웠지? 나는 무슨 일을 하고 싶은 걸까?'
부터 생각해 보기로 했다. 그렇게 하다 보면 분명히 미래에
대한 약간의 힌트라도 얻을 수 있을 것 같았다. 그게 시작
이었다. 그렇게 시간을 거슬러 올라가다 보니, 문득 떠오른
기억 하나가 있었다.

중학교 때 수업을 마치고 집에 오면 아무도 없을 때가
많았다. 누군가는 빈집이 외롭고 쓸쓸하겠지만 그때의 나
는 혼자만의 공간과 시간이 너무 좋았고, 나만의 시간을 가
질 수 있어서 좋았다. 그 이유는 좋아하던 드라마 〈신데렐
라 언니〉를 계속 볼 수 있었기 때문이다. 문근영 배우가 연
기한 냉소적이고 비관적인 주인공 캐릭터가 너무 매력적
이었고, 나도 한번 그 캐릭터를 따라 해보고 싶다는 생각이
들었다.

〈신데렐라 언니〉의 대본을 인터넷에서 찾아 출력까지
해서 손에 들고 거울을 보며 비슷하게 따라 해봤다. 연기라

기보다는 성대모사처럼 표정이나 말투를 그대로 따라 하려고 했던 것 같다. 그저 화면 속 배우의 말투를 흉내내는 것만으로도 너무 즐거웠고 가슴이 두근거렸다.

지금도 생각해 본다. 진학할 과를 결정해야 했던 그때, 연기할 때의 설렜던 그 기억을 떠올리지 못했다면? 〈신데렐라 언니〉가 나에게 흥미롭게 다가오지 않았더라면? 주인공의 대사와 표정을 남몰래 따라 해볼 생각을 하지 않았다면 지금의 나는 없지 않았을까?

좋아하는 마음을 키우는 건 단순한 즐거움을 넘어 우리 삶에 엄청난 변화를 가져다준다. 이왕이면 내가 좋아하는 일을 하며 성취감을 느낀다면 얼마나 행복할까. 그건 경험해 보지 않아도 충분히 알 수 있다. 물론 좋아하는 일을 찾는 건 생각만큼 쉬운 게 아니라는 것도 안다. 좋아하는 일을 하며 살아야 할지, 잘하는 일을 해야 할지에 대한 고민도 분명히 있을 수 있다. 하지만 그 대답은 누구도 선뜻 내

놓을 수 없다. 그러니까 끊임없이 시도하고, 경험해야 하지 않을까? 이것저것 도전하다 보면 내가 조금 더 흥미를 느끼는 일을 찾을 수 있고, 나라는 사람에 대해 조금 더 알아갈 수도 있다.

결국 내 인생의 모토는 '재미'였다. 나를 설레게 하고, 즐겁게 해줄 일이 필요했다. 미래의 나를 먹여 살리고, 수많은 시간을 함께할 일이 재미없다고 생각하면 조금 괴로울 것 같았다. 좋아하고 재밌는 일을 할 때 우리는 피곤함도 덜 느낄 수 있으면서 더없이 반짝일 것이다. 그때의 나는 밥을 먹지 않아도 배고픈 줄 몰랐고, 해가 지고 다시 동이 터도 시간 가는 줄 몰랐다. 즐거운 일을 찾는 건 즐거운 삶을 사는 데 도움이 된다.

친절은
늘 가까이에!

나의 배려가 누군가의 시간을
바꿀 수 있다는 걸 기억하자

나를 설레게 하는 일을 찾았다. 그럼, 이제 뭘 해야 하지?
연기과에 진학해서 배우가 되고 싶다는 나의 돌발 발언에
주변이 당황해하는 게 눈에 보였다. 연기 쪽으로는 끼가 없
어 보였던 나였기 때문에 '네가?'라고 되묻는 듯한 표정을
보였고, 어쩌면 가족들도 '저러다가 말겠지' 하는 생각을 가
졌을지도 모른다. 나 역시 그랬으니까. 나중에 알게 된 건,
부모님은 내가 워낙 소심했던 아이니까 연기 연습을 하다
보면 성격이 바뀌지 않을까 싶어 반대하지 않았다고 한다.

그렇게 부모님의 지원 아닌 지원을 받으며 배우가 되겠다고 했지만 무엇부터 시작해야 할지, 어떻게 꿈을 키워나가야 할지 전혀 알 수가 없었다 그때, 한 아이가 내 앞에 나타났다. 고등학교 기숙사에서 함께 생활하던 아이였는데, 내가 배우가 되고 싶어 한다는 걸 듣고 먼저 말을 걸어왔다.

"너, 배우 되고 싶어?"

"응."

"그러면 너 공부는 하고 있어?"

"아니, 아직. 어떻게 시작해야 할지 몰라서…."

"학원부터 가야지. 학원도 안 알아봤어? 내가 좀 찾아볼게."

그 아이가 추천해 준, 아니 찾아준 연기 학원은 꽤 괜찮아 보였지만 시작이 문제였다. 그곳에서 연기 공부를 하면 금방이라도 배우가 될 수 있을 것 같았다. 하지만 시작이 문제였다. '학원에 가서 뭘 물어봐야 하지? 연기를 배우고 싶다고 하면 비웃지 않을까? 나 같은 사람도 배우가 될 수 있을까?' 오만가지 고민이 몰려왔다. 아마 혼자서 학원에 찾아갔다면 근처에서 우물쭈물하다가 돌아왔을지 모른다. 결국, 한 번 더 그 아이가 나섰다. 자기 일도 아닌데 나를 따라 학원까지 가줬고, 상담을 받으면서도 줄곧 나 대신 이것저것 질문하기 시작했다. 심지어 상담받던 선생님도 나는 그저 친구를 따라왔고, 그 아이가 연기 학원에 다니려나 보다 착각했을 정도였으니까.

다시 생각해 봐도, 그 아이가 정말 대단했다는 말밖에 할 수가 없다. 어떻게 친하지도 않은 날 위해 자기 일인 것처럼 나설 수 있었을까? 고등학교를 졸업한 이후에 자연스럽게 멀어져 따로 연락은 하지 않고 있지만 꼭 한 번쯤은 물어보고 싶다. 왜 그렇게 내 일에 적극적으로 나서줬냐고. 그리고 정말 고마웠다는 말도 꼭 전하고 싶다.

어쩌면 그 아이에게는 별일 아닌 친절이었을지도 모른

다. 나보다 조금 더 적극적인 성격을 가졌고, 소극적인 내가 답답해 보였을 수도 있고, 먼저 학원을 알아봤던 선배의 여유였을 수도 있다. 그럼에도 그 아이의 친절이 내 미래를 결정짓는 첫 번째 시도가 되었고, 그 친절이 지금의 나를 만들었다.

가끔 생각해 본다. 나의 뜬금없는 친절이, 나조차도 기억나지 않는 사소한 배려가 누군가에게는 인생을 바꾸는 작은 발판이 될 수 있기를. 그 믿음으로 무한한 친절을 베풀고 싶다. 이건 다 내 꿈의 시작을 함께해 준 그 아이에게서 배운 거니까. 누군가는 친절을 '표현'이라고 정의한다. 밝은 표정, 경쾌한 목소리, 매너 있는 태도로 친절을 '표현'하는 것이다. 그래서 친절은 자신은 물론 주변 사람들까지도 미소 짓게 만들고, 세상을 변화시킬 수 있다. 적어도 그 아이의 친절은 세상까지는 아니지만 나를 변화시키기에는 충분했다.

천천히,
그럼에도 분명히!

멈추지 않으면
결국 꿈으로 향하게 된다

    배우 김규남의 첫 번째 연기는 무엇이었을까? 정식으로 찍은 영화의 첫 장면일 수도 있고, 통장에 입금이 된 첫 작품일 수도 있지만 내가 생각하는 나의 첫 무대는 연기 학원이었다. 연기가 하고 싶다는 마음으로 무작정 찾아갔던 학원이었지만, 쑥스러움에 돈 아까운 줄도 모르고, 학원비를 내준 부모님께는 죄송하지만 아무것도 하지 않고 남들이 하는 것만 지켜보고 올 때가 더 많았다.

연기는 하고 싶었지만 소심함을 숨길 수 없었던 내가 열다섯 명이나 되는 사람들 앞에서 '나만의 연기'를 한다는 건 쉽지 않은 일이었다. 하지만 그런 성격을 기다려주고, 무한한 기회를 줄 사람은 어디에도 없었다. 학원도 또 하나의 사회이고, 영화 제작 현장만큼 진지한 곳이니까. 어김없이 내 차례가 왔고, 무엇이든 해야 했다. 쭈뼛쭈뼛 앞으로 나가 용기 내서 했던 첫마디는 이 말이었다.

"선생님, 저 뒤돌아서 연기해도 될까요?"

나를 쳐다보는 수많은 시선과 마주하는 게 무서워 벽을 보며 연기했고 그렇게 조금씩 벽과 객석에 있는 시선들의 각도를 줄여나갔다. 어떻게 벽을 보고 연기할 생각을 했는지는 모르지만 그게 나의 첫 연기였고 시작이었다.

만약 그때 아무것도 하지 않고 무대를 내려왔다면, 지금의 나는 없었을 것이라 확신한다. 어떤 것도 시도하지 않으면 결과도 없다. 남들 앞에 서는 게 부끄러워 포기했다면 나의 꿈은 더 이상 뻗어 가지 못하고, 그 자리에서 사라졌겠지? 벽이라도 보고 용기 내볼 수 있었던 게 얼마나 다행인지 모른다. 그러니까 남들보다 조금 더디고, 완벽하지 않더라도 작은 발걸음부터 시작해 보자. 내 꿈이 사라지게 내버려두는 것만큼 자존심 상하는 일은 없으니까.

누군가는 이런 말을 했다.

"멈추지 않는 한, 천천히 가는 것은 문제가 되지 않는다."

남들과 속도가 다르다고 좌절하거나 속상해할 필요는 없다. 마음이 급해지고 안달 나서 스스로 자책하지 않아도 된다. 우리가 집중해야 하는 건, 자신이 무엇을 원하는지 정확히 아는 것이다. 그 확신만 있다면 언젠가는 그곳에 도달해 있을 것이고, 그곳까지 가는 과정이 자신을 더 단단하게 만들어줄 거라는 믿음도 얻을 수 있다. 느린 것보다 멈추는 것, 남들과의 비교를 이겨내지 못하고 그 자리에 서 있거나 되돌아가는 게 더 부끄러운 일 아닐까.

생각처럼 흘러가지 않는 현실과 내가 꿈꿔왔던 이상에
차이가 나면 고통받을 수밖에 없지만 꾸준함이야말로 그
차이를 채워줄 최고의 무기가 된다. 그러니까 조급해하지
말자. 그렇게 조금씩 가다 보면 내가 좀 더 잘 보일 테니까.
나의 마음을 좀 더 알고 난 뒤에 포기해도 늦지 않으니까.

다시 한번 그때 나의 연기를 믿고 기다려준 학원 선생님
과 친구들에게 감사함을 전하고 싶다. 한없이 작고 초라하
던 그때의 나에게도 용기 내줘서 고맙다고 전하고 싶다. 그
리고 언젠가 또 한 번 뒤돌아보게 되는 순간이 온다면 그때
도 나에게 잘 부탁한다고, 말하고 싶다.

칭찬은 유쾌하게
받고 싶어

징찬은 내 노력에 대한
결과가 된다

내 인생의 첫 연기가 연기 학원에서 무대에 올라가 멀뚱히 서 있다가 내려온 것이었다면, 첫 오디션 역시 학원에서였다. 연기 학원에서는 정기적으로 작품을 정해 공연을 올리곤 했는데 그해에는 뮤지컬 작품을 했다. 사람들 앞에서 노래와 연기를 동시에 한다는 게 참 좋았다. 연기를 하면서 노래까지 부른다는 게 대단하고 멋져 보였다. 하지만 뮤지컬을 좋아했다고 해서 내가 노래를 잘했다는 건 아니다. 학원에서의 인생 첫 오디션으로 당당히 원하는 작품의 넘버를 얻어냈는데, 문제가 생겼다.

당시 학원에 춤, 연기, 노래 모든 게 다 되는 에이스 언니가 있었는데, 하필이면 그 언니와 똑같은 넘버를 불러야 했다. 누가 봐도 비교될 게 뻔했다. 나와는 정반대의 매력으로 완벽하게 그 장면을 소화해 내는 언니를 보니 부끄럽고, 창피하고, 자존심이 상했다.

사실 가장 속상했던 건, 내가 봐도 내가 더 못한다는 거였다. 아무것도 모르는 내 눈에도 그 언니의 완벽함과 나의 초라함이 비교가 되었고, 관객들 눈에는 어떻게 보일까 싶으니 미칠 것만 같았다. 연습을 하면서도 속상해서 눈물이 났다. 그렇지만 그때 내가 할 수 있는 건 연습뿐이었다. 언니와 비교당하지 않는 걸 목표로 삼고 내가 할 수 있는 한 최선을 다했고, 그렇게 공연 날 무대에 올라 관객들 앞에서 노래를 불렀다. 살면서 처음 올라간 무대였다. 관객들의 박수 소리가 들렸고 노래가 끝나자마자 다리에 힘이 풀렸다.

공연이 끝난 후 원장 선생님부터 모든 선생님과 학생들이 모인 자리에서 공연 피드백이 이어졌다. 기억에 남아 있는 건 원장 선생님의 말뿐이다.

"너, 이름이 뭐라고? 잘하네. 연기 계속해 봐."

그걸로 끝이었다. 겨우 이 정도 말로 호들갑이냐고 생각하겠지만 그동안의 노력이 이 말로 충분히 보상받았다. 나의 노력을 인정받았다. 그때의 칭찬을 통해 깨달은 건, 칭찬은 구차한 설명이 필요하지 않다는 것이었다. 단 한마디라도 그걸 듣는 사람의 자존감을 키워주고, 꿈을 지킬 수 있게 해준다면 최고의 칭찬이 될 수 있다. 칭찬은 내 노력의 결과다. 자신이 지나온 과정이기도 하다. 그러니까 칭찬을 부정하지 말자. 자기 자신의 노력을 인정해 주고 알아봐 주는데 "아휴, 아니에요. 부끄럽게 왜 그러세요." 같은 말로 낮출 필요가 없다. 나의 재능이 아니라 내가 해온 노력을 칭찬해 주는 건, 수백억을 준다고 해도 바꿀 수 없는 멋진 가치가 되니까.

지금 내가 받고 싶은 칭찬은 뭘까? 그 답을 알면 내가 어떤 걸 원하는지 알게 된다. 그것이 무엇인지 정확히 알고 그 칭찬을 향해 달려가기. 어쩌면 목표의 또 다른 말이 되지 않을까? 목표를 이룬 후에 듣게 되는 단 한마디면 충분하다. 누군가는 "수고했어."가 듣고 싶고, 누군가는 "역시!"라는 말이 최고의 칭찬이 될 수 있다. 그 칭찬의 말을 꿈꿔보자. 원장 선생님께 내 기준 최고의 칭찬을 들었던 그날은 너무 행복해서 아무 말도 하지 못했지만, 다시 그때로 돌아간다면 이렇게 대답하고 싶다.

"제 꿈을 지켜주셔서 감사합니다."

✦

꿈으로 가는 길이
하나는 아니니까

세싱의 모든 경험은
자산이 된다

사람들에게는 저마다의 로망이 있다. 가고 싶었던 해외 여행지를 마음껏 누리는 로망이라든지, 대학 캠퍼스에 대한 로망도 있지 않을까? 인생의 황금기라는 스무 살, 이어폰을 끼고 캠퍼스 잔디밭에 누워 낮잠을 즐기는 로망이나 누구보다 풋풋하고 애절한 첫사랑을 하게 되는 로망! 뭐가됐든 내 대학 생활과 180도 달랐던 건 분명하다.

학창 시절의 나는 뮤지컬과를 생각해 본 적이 없었다. 물론 학원에서 배운 뮤지컬 수업은 너무 재미있었지만 마지막까지도 연기과만을 고집했다. 하지만 대학의 벽은 너무 높았고, 차선책으로 선택한 게 뮤지컬과였다. 지금 생각해 보면 연기와 노래와 춤까지 배울 수 있는 그곳이 더 많은 배움이 필요한 나에게는 너무나 매력적인 선택지였다.

수업도 정말 재미있었다. 연기 수업을 하는 날에는 강의실 맨 앞줄에 앉아 교수님의 말을 한 글자도 빼놓지 않고 필기하려고 했다. 수업 시간에 해준 말씀이 너무 소중해서 녹음도 하고, 다시 듣기를 반복하며 빽빽하게 노트를 채워나갔고 시험 기간이 되면 친구들은 너나 할 것 없이 내 노트를 빌릴 정도로 인기가 많았다. 그때 그렇게 연기 수업을 열심히 들은 건, 훗날 나에게 큰 힘이 되었다. 그 노트는 아직도 최고의 보물이다. 연기를 하다가 막히거나 답답할 때면 펼쳐보기도 하고 내가 얼마나 열심히 공부했는지 좋은 자극제가 되어주기도 한다.

그렇다고 뮤지컬과를 선택한 게 늘 즐겁고 편한 건 아니었다. 오랫동안 뮤지컬 배우만을 꿈꿨던 과 친구들 사이에서 항상 제일 부족하고 진도도 못 맞추는 학생이었기 때문에 2년 내내 연습만 했던 것 같다. 어떻게 해서든 친구들을 따라잡아야 했고, 그것만이 내가 살 길이었으니까.

뮤지컬과에서는 몸을 활용하는 수업을 많이 한다. 발레, 재즈, 탭댄스, 현대무용까지 다양하게 배우고 보컬 수업도 빼놓을 수 없다. 그중에서도 제일 좋아했던 건 교양 시간에 배운 이미지 트레이닝이었다. 말 그대로 자신이 원하는 모습을 이미지 트레이닝으로 떠올리고 표현하는 수업이었다. 자기가 생각하는 자신의 이미지를 물건화해서 몸으로 표현해 본다거나 미래의 내 모습을 상상해 보고 표현하는 건데, 그때 내가 꿈꾼 미래의 내 모습은 커리어우먼이었다.

당시 순수하거나 귀엽다는 단어와 가까웠던 내 이미지와는 전혀 다르게 뿔테 안경을 끼고, 단정한 정장을 입고,

한 손에는 커피를 들고 있는 멋진 내 모습을 떠올렸다. 꿈을 이룬 뒤의 모습을 상상하며 용기와 희망을 얻을 수 있었던 것도 분명하지만, 그때의 나는 내가 가지고 있는 모습과는 다른 모습을 동경했던 것만 같다. 있는 그대로의 내 모습이 아닌, 남들에게 보여주기 위한 꾸며진 이미지 말이다.

지금은 최대한 내가 가진 자연스러운 모습을 보여주려고 노력한다. 온전한 '나'가 되는 법을 알아가려고 한다. 다시 대학 시절로 돌아가 내가 원하는 미래의 내 모습을 이미지 트레이닝 한다면 나만이 가진 장점을 최대한 살려서 표현할 것 같다.

나만의 장점을 찾아가는 과정에서 마주한 수많은 경험과 배움이 내 인생에서 절대 잊을 수 없는 소중한 대학 생활을 만들어주었다. 한 가지 분명한 건 힘이 들면 들수록, 공부를 하면 할수록 배우가 되고 싶다는 생각은 확신으로 바뀌었기에 서울로 가야만 한다는 생각이 들었다. 물론 서울에 간다고 모든 게 해결되는 것도 아니지만, 어렴풋이 그래야 할 것 같았다. 좀 더 넓은 곳에서 꿈을 펼쳐보고 싶었고, 다양한 기회를 만나고 싶다는 간절함이 나를 이끌었다.

누구도 내 꿈을
해치지 않게 하라

가시 돋친 잔소리도
결국 나를 위한 것임을 기억하자

인생을 살다 보면 수많은 '남의 편'과 마주하게 된다. 자신의 인생에 태클을 걸고, 증명되지 않은 유언비어를 퍼트리고, "넌 원래 그런 아이야."라면서 그들이 만든 틀에 가둬버리는 사람들 말이다. 기억에 살을 보태면, 내 친척들이 그랬던 것 같다. 어릴 때부터 친척들이 찾아오면 숨기 바빴던 모습 때문이었을까? 처음에 배우가 되겠다고 했을 때, 그래서 연기 공부를 시작한다고 했을 때 엄청난 걱정을 들었다. 물론 이 꿈도 내가 직접 말한 건 아니다. 부모님으로 부러 전해 들은 것이 전부였을 것이다. 나는 아직 꿈을 펼쳐보지도 못했는데, 친척들은 걱정이라는 이름의 부정적인 말들을 쏟아냈다.

"소극적이고 끼도 없는 애가 배우를 한다고?"
"연기는 아무나 하는 줄 아니? 거기서 네가 버틸 수 있겠어?"

나도 안다. 나는 소극적이고, 끼도 없고, 화려한 연예인과 비교하면 수수하다. 배우는 아무나 할 수 있는 게 아니라는 것도 안다. 성공과 실패로 판단되는 것을 떠나서 나는 '그저' 배우가 되고 싶었다. 친척들의 냉정한 평가는 나의 승부욕을 자극했고, 꼭 배우가 돼서 그분들의 평가가 너무 섣불렀다는 걸 후회하게 해주고 싶다는 마음이 들었다.

(물론 친척들의 가시 돋친 잔소리도 결국 나를 위한 것이었다는 것을 안다.) 우리는 다른 사람의 말에 흔들릴 이유가 없

고, 그럴 필요도 없다. 타인의 잣대에서만 벗어나도 할 수 있는 게 굉장히 많아진다. 다른 사람 눈치 보느라 나에게 집중하지 못했던 생각과 힘을 온전히 나에게 집중하면 더 많은 일을 해낼 수 있다.

배우 생활을 하며 깨달은 건, 초점이 내가 아닌 타인을 향하면 꿈이 너무 쉽게 흔들린다는 것이다. 흔들릴 것들 투성이의 상황에서 내 꿈을 지킬 수 있는 건 오직 '나'뿐이었다. 진짜 자신의 모습으로 삶을 살고 싶다면 타인의 평가나 말보다 진정한 내 마음의 소리에 집중해야 하지 않을까?

그때 난 친척들의 평가에 괜한 반항심이 들어 그 시기를 이겨낼 수 있었지만, 지금 돌이켜보면 그런 반항심 역시 감정의 사치라고 생각한다. 행복을 남에게 맡기지 말자. 나에 대한 자신감을 잃으면 온 세상이 나의 적이 된다. 아무도 자기 자신을 대신해 줄 수 없다. 내 인생을 남이 대신 살아 주는 건 아니니까.

그 당시 내 일기장 첫 페이지 한가운데는 늘 이 문장이 쓰여 있었다.

"누구든 내 꿈을 해치지 않도록 하라."

2부

그 끌림은
나를 더 빛나게
만들고

＊

탈출구 앞에서
흔들리지 않기를

우리에게는 탈출구가 아닌
돌파구가 필요하다

대학 졸업과 함께 드디어 서울에 왔다. 오랫동안 꿈꿔왔던 서울 생활이 시작되었다. 지방러의 흔한 상경 코스 그대로, 나 역시 아무것도 준비된 게 없었기에 친척 집에 얹혀사는 것부터였다. '친척'이라는 카테고리는 서울에서의 나를 책임져주는 보호자였지만, 1년에 한두 번 정도 명절 때만 겨우 보던 사이였으니 그리 편한 관계는 아니었다.

그럼에도 서울에 내 자리가 있다는 게 너무 좋았다. 우선

무작정 대학로로 달려갔다. 그러면서 처음 시작한 게 초등학생을 대상으로 한 어린이 뮤지컬이었다. 이때 혁준 오빠를 만났으니 어쩌면 나에게 큰 행운을 준 작품이었는지도 모른다. 하지만 현실은 조금 달랐다. 공연장이 정해져 있는 게 아니라 배우들이 학교나 단체를 찾아다니며 공연해야 했고, 그나마도 일이 없을 때가 많았다. 한 달에 40만 원 정도의 월급을 받는 일을 하니 눈치가 보일 수밖에 없었다. 생활비를 벌기 위해 서너 개의 아르바이트를 더 했고 '이게 맞나?' 하는 생각을 할 틈도 없이 연기보다는 아르바이트 때문에 바빴다.

타지에서 40만 원을 받으며 알바와 배우 일을 병행하는 내 모습이 서러워질 때면 가족들이 보고 싶었다. 그래서 눈물을 꾹 참으며 전화를 하면 늘 들려왔던 말은,

"힘들면 언제든 내려와."

그 말이 너무 큰 위로가 되면서도 동시에 반항심으로 다

가왔다. 배우로 성공하고 싶다는 열망과 열정으로 열심히 살고 있는 내 모습이 부정당하는 것 같았다. 지방에서 '성공'이라는 목표를 가지고 서울에 온 사람들이라면 한 번쯤 들어봤을 말이다. 서울 생활이 너무 힘들고, 사회와 점점 멀어져가는 것만 같을 때 가족에게 힘든 내색을 하면 '돌아오라'고 한다. 물론 가족들은 걱정이 되니 다시 가족의 품에서 편안하게 지내길 바라는 마음에서 하는 말이라는 건 안다. 그리고 그 말 덕분에 더 기운이 나고 든든해진다는 사람도 있겠지만 나는 아니다. 완전 반대였다.

'다시 돌아오라고? 이렇게 포기해 버리면 내 꿈은 어떻게 되는데? 나는 절대 안 돌아갈 거야.'

그렇다. 반항심부터 생겼다. 그건 고향에 돌아가고 아니고를 떠나 자존심의 문제였다. 그렇게 힘들다고 고향으로 돌아가면 제대로 펼쳐보지도 못한 내 꿈을 다시 바라볼 수 없을 것 같았고, 꿈 앞에서 도망가는 나를 마주하는 게 더 힘들 것 같았다. 그래서 버텼다. 아니, 버티려고 무던히 애썼다.

내가 살면서 느낀 건, 꿈을 방해하는 것 중 하나는 탈출구라는 것이다. 조금만 힘들어도 그 탈출구를 향해 달려가고 싶어진다. 자신에게 벗어날 탈출구가 있다는 건 든든하기도 하지만 자신을 더 나태하게 만든다고 생각한다. 탈출구보다는 꿈으로 가는 길이 더 선명하게 보였으면 좋겠다. 나는 탈출구가 아닌 꿈을 향해 달려가고 싶었다. 그리고 우리에게는 탈출구가 아닌 돌파구가 필요하다.

어떤 장애물이 우리의 꿈을 가로막고 있어도 그걸 돌파해 나갈 힘이 있어야 한다. 그 힘은 어디서 나올까? 오직 스스로 묻고 답해야 한다. 나의 결정이 늘 옳고 완벽했다는 게 아니다. 적어도 내 마음에 떳떳했다면 어떤 선택이 됐든 그걸로 충분하다.

그렇게 내가 가는 길에 탈출구가 있으면 안 된다는 생각을 하면서 20대를 보냈다. 어쩌면 나에 대한 불신이 커서, 애초에 탈출구를 만들지 않았던 건지도 모르지만, 그렇게 매 순간 믿음과 불신 사이에서 헤매며 버텨냈다.

지금 이 순간에도 믿음과 불신 사이에서 혼란스러워하고 있는 누군가를 위해 응원한다. 조금만 더 자신을 믿고 앞을 보고 나아가길. 그렇게 조금만 더 나아가다 보면 더 나은 자신을 발견할 거라고 믿는다.

하물며 인형도
연기를 하는데

편견이 깨지는 순간
나의 능력치가 더 궁금해진다

어떻게든 서울에 붙어 있고 싶었지만 집안 사정으로 인해 전주로 가야 하는 상황이 됐다. 몸과 마음은 지쳐 있었고, 생각했던 서울 생활도, 꿈꿔왔던 배우의 길도 아니었기 때문에 못 이긴 척 부모님을 따라갈 수밖에 없었다.

그렇게 고향에 돌아왔지만 연기를 그만둘 수는 없었다. 전주에서도 극단을 알아보았고 인형극도 올리는 극단에서 연기를 계속할 수 있었는데, 그 시절의 경험은 내 삶에서 잊을 수 없는 최고의 순간을 만들어주었다. 누군가 살면서 잊을 수 없는 경험을 꼽아보라고 한다면, 주저하지 않고 인형극 페스티벌에 참여했던 때를 떠올릴 것이다.

내가 참여한 인형극은 손에 인형을 끼우고 손가락의 움직임이나 손목의 스냅으로 표정과 대사를 전달하는 뮤지컬이었다. 얼굴을 내세워 연기하는 것도 아니고, 인형만 잘 움직이면 되겠다고 쉽게 생각했는데, 폴란드에서 열린 국제 인형극 페스티벌에 참가하면서 내 생각은 180도 달라졌다.

우리는 인형극으로 〈심청전〉을 준비했다. 하지만 그때까지도 내가 하는 일이 그렇게 뿌듯하고 멋진 일이라고는 느끼지 못했다. 하지만 함께 참가한 외국 아티스트들이 만들어내는 인형극을 보면서 인형의 몸짓만으로도 다양한 연기를 해낼 수 있다는 것에 엄청난 충격을 받았다. 인형의 표정은 하나밖에 없지만, 동작으로 그 감정을 표현해 내는 게 너무 신기하고 놀라웠다. 그리고 내 시야가 정말 좁았다는 것도 깨달았다.

무엇보다 작품을 보는 외국 관객들의 태도가 너무 좋았다. 인형극이지만 작품을 보는 눈이 진지했고, 아낌없이 박수와 찬사를 보내주는 걸 보고 괜한 뭉클함이 생겼다.

우리에게 깨달음을 주고 영감을 주는 대상이 꼭 위대할 필요는 없다. 물론, 위대한 이들의 말에서 배움을 얻기도 하지만 어린이에게, 카페 옆자리에 앉은 누군가에게, 길 가다 마주한 바람 한 점에서도 많은 것을 느낄 수 있다. 그 모든 것이 우리의 스승이 될 수 있다. 그리고 그걸 받아들이기 위해서는 마음의 준비가 필요하다. '이건 이래서 이럴 수밖에 없을 거야'라는 오래된 생각을 깨부수어야 한다.

편견이 깨지는 순간, 우리는 더 넓은 세상을 만나게 되고, 또 다른 능력을 끄집어내고 싶어진다. 자신도 모르게 쌓아갔던 수많은 고정관념을 하나씩 깨부수자. 내 생각이 늘 정답이 아니라는 경험을 통해 우리는 더 겸손해질 수 있지 않을까?

여행은 깨기 위해
떠나는 것

우리 모두는 편견 덩어리다.
그러니까 깨자

나는 여행이 참 좋다. 내가 여행을 좋아하기 시작한 건 어릴 때부터였다. 부모님은 뜬금없이 "여행 가자."라고 말하곤 했다. 그때만 해도 학교를 안 가니까 무조건 좋다고 따라나섰지만 자라면서 그 기억의 설렘과 행복함이 고스란히 내 감정을 채워줬기에 지금도 여행을 떠올리면 마음이 따뜻해진다.

덕분에 성인이 된 후에도 혼자 떠나는 여행을 두려워하

지 않는다. 일이 생각만큼 풀리지 않을 때, 하염없이 다음 작품만을 기다려야 했을 때, 친구들의 성공을 지켜보며 축하해야 했을 때, 그럴 때마다 여행을 떠났다. 여럿이 함께 떠나는 여행도 물론 값진 경험이지만 혼자 떠나는 여행도 더없이 소중하다.

그중에서도 기억에 남는 여행지는 혼자 떠났던 강원도 삼척이다. 오롯이 내가 좋아하는 일을 하며 나만 생각할 수 있었던 시간이었다. 그러다 우연히 길 한가운데 서서 밤하늘을 올려다보는 남자를 보게 됐다. 뭘 저렇게 열심히 보나 싶어 호기심에 한참을 쳐다봤고, 얼마 후 그 남자는 스마트폰을 꺼내 밤하늘을 찍기 시작했다. 별이 쏟아질 것 같은 밤이었다. 그 남자는 그렇게 찍은 사진을 곧바로 누군가에게 보내며 미소 짓고 있었다.

걸보기에 그 남자는 낭만과는 아주 거리가 멀어 보였다. 우락부락한 팔뚝을 가진 사람이 운동기구나 화려한 차가 아니라 밤하늘을 올려다보며 사진을 찍는다는 게 너무 낯설었고, 별을 찍는다는 게 신기했다. 바닷가였으니까 사람들 대부분은 눈앞에 있는 파도의 움직임이나 등대의 불빛을 카메라에 담았지만, 그 사람은 하늘을 올려다보고 있었다. 그리고 찍은 사진을 누군가에게 보내며 행복해했다. 아마 사랑하는 사람에게 그 사진을 보냈을지도 모른다. 자신의 감성을 공감해 주고, 그 낭만을 함께 나눌 사람을 1초의 망설임도 없이 떠올릴 수 있는 그 모습이 그렇게 부럽고, 멋져 보일 수가 없었다.

어쩌면 나의 편견을 발견한 여행이기도 했다. 나의 잣대에 맞춰 사람들을 바라본 것이다. 가끔은 훌쩍 떠나보자. 여행은 평소에는 생각하지 못했던 새로운 모습을 보고, 찾을 수 있게 해준다. 수없이 많은 사람이 우리의 지구를 채워나가고 있고, 그 사람들과 함께 경험할 수 있는 것 역시 우리가 상상할 수 있는 것 이상으로 많다. 그러니까, 부지런히 많이 움직이자. 주저하지 말고 떠나보자.

✦

오늘은 울었지만
내일도 울 필요는 없으니까

무한한 지지와 응원 속에서
잠재력도 커진다

기회란 예상하지 못한 행운과 함께 찾아온다. 나의 웹드라마 데뷔작도 그랬다. 연극 무대에만 줄곧 서다가 영상 쪽으로 일을 해보고 싶은 욕심에 무작정 오디션을 보기 시작했다. 그때만 해도 주변에 영상 연기를 하는 사람이 없다 보니 막막하기만 했는데, 지인이 배우를 모집하는 구직 사이트를 알려줬다. 프로필을 등록해 두면 제작사에서 연락이 오는 시스템이었다. 문제는 한 번도 작품을 찍어본 적이 없었기에 그럴싸한 이력도 없고, 프로필로 쓸 만한 영상도 없다는 것이었다. 그래서 내가 만든 대사로, 마치 독백 연기를 하는 것처럼 핸드폰을 켜놓고 녹화한 뒤 프로필을 완성한 적도 있다.

이력서를 채울 만한 필모그래피도 없어서 별거 아닌 일도 부풀려서 채우거나 못하는 것도 할 수 있다고 써놓기도 했다. 수영하는 장면이 있는 배역이라 수영할 줄 아는 사람을 우선으로 뽑는다는 글을 보고도 무작정 지원한 적이 있다. 그러다가 오디션을 보게 되었고, 덜컥 합격해서 집 주변 수영장에서 독학으로 급하게 수영을 배웠던 적도 있다.

어떤 날은 현장의 긴장감과 누구보다 잘하고 싶다는 부담감 때문에 원하는 만큼의 연기를 하지 못했고, 그런 나에게 실망해 눈물이 터져버린 적도 있다. 제일 먼저 생각나는 엄마에게 전화를 걸어 하소연을 늘어놓기도 했다.

"나는 아직 드라마를 찍을 깜냥이 안 되는데 왜 하겠다고 했을까? 아무리 생각해도 내 자리가 아닌 것 같아. 못할 것 같은데, 어쩌지?"

묵묵히 듣고만 있던 엄마는 이렇게 말했다.

"그래도 넌 결국 해낼 아이야."

순간 가슴을 쿵 얻어맞은 것 같았다.

넌 결국 해낼 아이야. 주저앉고 싶고, 포기하고 싶은 순간이라도 사랑하는 사람들의 응원이 더해진다면 우리는 좀 더 힘을 낼 수 있지 않을까? 그러니까 나의 말 한마디, 손길 하나가 아무런 힘이 없을 거라고 의심하지 말자. 오늘은 울었지만, 내일은 웃을 수 있다는 걸 나만큼이나, 나를 사랑하는 사람들도 알고 있을 테니까.

결국 우리를 움직이고 변화시키는 힘은 무한한 지지와 응원이다. 끝이 없고, 한계가 없는 '무한하다'는 엄청난 힘을 가진다. 무한한 잠재력, 무한한 가능성, 무한한 지지와 응원. 과연 누가 나에게 무한한 힘을 줄 수 있을까? 이 질문에 대한 대답은 우리 스스로 찾을 수 있지 않을까?

매력은
스스로가 만드는 것

내가 가진 장점을 꼽아보면,
나라는 존재가 사랑스러워진다

나는 솔직하다. 꽤 털털한 편이다. 이런 성격이 단체 생활이나 사회생활을 할 때면 간혹 단점이 되기도 하지만 어쩔 수 없다. 성격이 이렇다 보니 인간관계는 좁지만 꽤 깊은 스타일이다. 외모도 솔직히 내세울 게 없다. 키도 작고, 다른 연예인들처럼 특출나게 예쁜 것도 아니다.

연기를 할 때는 대사도 잘 외우고, 웬만해서는 긴장도 잘하지 않는 장점을 가지고 있지만 한 번 꼬이기 시작하면 끝도 없이 자책하는 단점도 있다. 한번은 현장에서 리허설을 하는데 무척 긴 대사를 외워야 했다. 대본을 볼 때부터 걱정이 되었던 터라 촬영을 앞두고 머릿속이 하얘진 적이 있었다. 영업 중인 식당을 빌려서 진행했던 촬영이었고, 보조 출연자까지 배우도 꽤 많아서 최대한 빠르고 완벽하게 연기를 끝내야 하는 상황이었는데 갑자기 부담감이 밀려오기 시작했다. 나 한 명 때문에 이 많은 사람이 피해를 볼 수도 있다고 생각하니 심장이 터질 것만 같았다.

무엇보다 자꾸 실수를 하면 아마추어라는 게 너무 티가 날 것 같았다. '긴장 안 한 척'을 하며 리허설을 끝냈지만, 진짜 촬영은 아직 시작한 것이 아니었다. 보통이라면 카메라 세팅까지 약간의 시간이 주어질 때 상대 배우를 찾아가 한 번만 더 맞춰보지 않겠냐고 도움을 청할 수도 있지만, 내가 준비가 안 됐기 때문에 차마 말을 걸 수도 없었다.

결국 주어진 시간 안에 촬영은 잘 끝냈지만 집에 오자마자 눈물이 터져버렸다. 너무 부끄러웠고 나 때문에 모든 걸 망칠 뻔했던 아찔한 상황이 계속 떠올랐다. 이런 순간마다 나는 늘 대학 시절 교수님이 해주신 말을 먼저 떠올린다.

"말에는 가슴이 담긴다."

그 말씀을 떠올리며 깨달았다. 내가 부끄럽고 속상했던 건 단순히 대사를 잊어서가 아니라, 그 말에 진심을 담아내지 못해서라는걸. 내가 연기하는 모든 대사에는 나의 모든 게 담겨 있어야 한다는걸. 그래서 나는 '왜'라는 질문을 던진다. 이 캐릭터가 왜 이런 생각을 하고, 왜 이런 행동을 할 수밖에 없는지 늘 생각한다. 이런 고민은 연기할 때도 물론 필요하지만 일상에서 사람을 만나고 대할 때도 늘 하게 된다.

어떤 외국 배우는 오래된 궁전에서 촬영할 때 실제 자신의 집과의 괴리감을 줄이기 위해 자신의 향수를 궁전 곳곳에 뿌렸다고 한다. 이 일화를 듣고 나도 그렇게 하기 시작했다. 내가 맡은 역할이 사용할 법한 향수를 뿌리며 그 인물에 빠져들기 위해 노력했다. 이처럼 향기로 캐릭터를 기억하다 보면, 조금씩 그 사람이 되어가는 것 같다.

이렇게 다양한 인물을 연기하며 그들을 이해하려고 노력할수록 오히려 나 자신이 더 선명하게 보이기 시작했다. 내가 얼마나 복잡한 사람인지, 얼마나 다양한 모습을 가진 사람인지 깨닫게 된 것이다. 진지한 것 같지만 조바심도 가득하고, 욕심으로 가득 찬 것 같으면서도 허탕일 때가 많은 사람. 하지만 그런 모습 모두 결국은 나다운 모습이라는 걸 이제는 안다.

그래서일까? 요즘은 내가 가진 것들을 하나씩 떠올려보는 게 즐겁다. 나는 귀엽다. 꽤 귀엽다. 귀엽다는 것 하나만으로도 나는 가진 게 많다고 생각한다. 자신이 가진 것을 떠올려보자. '난 남들보다 목청이 좋아.' '난 웃음 포인트가 낮아서 잘 웃어.' '난 말은 없지만 상상력은 엄청나. 지금 내

머릿속에 떠오르는 생각을 말로 다 담아낼 수 없을걸?'

이렇게 새로운 배역을 만날 때처럼 설레는 마음으로 나의 장점을 하나씩 발견하다 보면, 결국 자기 자신이 장점으로 가득 찬 사람이라는 것을 깨닫게 될지도 모른다. 나는 그런 특별한 장점이 더욱 풍부한 사람이 되고 싶다.

누군가의 롤모델이
될 수 있다면

닮고 싶다는 건 따라가고 싶다는 것,
열심히 쫓아가자

배우를 꿈꿔왔던 순간부터 참 많은 연기자를 동경해 왔다. 연기를 잘하는 사람을 보면 경이로움이 든다. 너무 멋있고 대단해서 부러운 마음에 질투심도 든다. 하지만 질투에서 끝나는 게 아니라 엄청난 자극제가 되기도 한다. '나도 언젠가 저렇게 연기를 해봐야지!' 하고 말이다.

좋아하고, 존경하는 수많은 배우 중에서도 제일 먼저 손꼽고 싶은 배우는 이병헌 배우다. 굳이 이유가 필요할까?

그럼에도 감히 이유를 붙여보자면, 영화 〈그것만이 내 세상〉에서 보여준 감동을 얘기하고 싶다.

이병헌 배우는 영화 속에서 한때는 WBC 웰터급 동양 챔피언이었지만 한물간 전직 복서 조하를 연기했다. 그리고 조하가 서번트 증후군을 가진 동생 진태와 갑작스러운 동거를 하게 되면서 이야기가 시작된다. 진태를 연기한 박정민 배우의 연기도 엄청났지만, 이병헌 배우는 그동안 선이 굵고 카리스마 넘치는 역할을 도맡아 하다가 이 영화를 통해 평범하기 그지없는 백수 형을 연기했다는 게 신선했고 그 역할마저도 자신 그대로인 것처럼 살려냈다. 영화 속 이병헌 배우의 연기는 너무도 웃겼고, 코믹함도 잘 살리는 연기에 존경심도 들었다. 〈띱〉을 하며 깨달은 게 있다면, 누군가를 웃기는 건 정말 힘들다는 것이다. 그 어려운 걸 해내는 걸 보고 너무 존경스러웠다.

롤모델과 연기를 하게 된다면 어떤 기분일까? 사실 이런 상상을 안 해본 건 아니다. 한창 달리기에 빠져 있을 때 새벽마다 조깅을 했는데, 뛰는 게 너무 힘들어 걷고 싶을 때마다 '저기 내 앞에 뛰어가는 사람이 이병헌 배우다. 이병헌 배우 옆에서 나란히 뛸 수 있다면, 얼른 달려가야지'라고 생각하며 달린 적도 있다.

닮고 싶은 롤모델이 있다는 건, 인생의 자극제가 된다. 나를 좀 더 괜찮은 방향으로 이끌어준다. 무턱대고 맹목적으로 그들을 좇으라는 게 아니다. 닮고 싶고, 부러운 부분을 좇아가면 된다. 그럼 그 길을 먼저 걸어본 사람만이 해줄 수 있는 조언과 공감대가 느껴질 것이고, 그렇게 그들의 도움으로 조금씩 앞으로 나아갈 수 있다.

어렸을 때는 선생님이나 부모님이 묻곤 했다. "넌 존경하는 사람이 누구야?" 이 질문에 대한 모범답안은 책 속에서 봤던 위인이나 유명인이었다. 그런 롤모델이 잘못됐다는 건 아니다. 하지만 어릴 때는 그저 그 사람의 인생이 멋져 보였기 때문에 존경을 표했다면, 이제는 분명한 이유가 있다. 내가 가고 싶은 길을 먼저 걸어간 사람이라서, 나에게는 부족한 부분을 채워주는 사람이라서, 이렇게 배울 점을 구체적으로 생각해 보고 그들의 습관과 그 자리까지 오른 과정을 벤치마킹하면 된다. 누군가가 나를 롤모델로 생각하고 나의 모든 것을 닮고 싶어 한다면, 너무도 행복하게 나만의 노하우를 알려줄 것 같다. 내 방식이 맞았다고 인정해 주는 것 같으니까.

여담이지만, 이병헌 배우를 만날 '뻔'한 일이 있었다. 아는 감독님과 사석에서 이야기를 나누던 중 다른 테이블에 이병헌 배우님이 있다는 걸 알게 됐다. 이병헌 배우와 한 공간에 있다는 것만으로도 너무 떨렸는데 감독님께서 인사를 시켜주겠다고 했다. 심장이 쿵쾅거리고 머릿속이 하얘졌지만, 정신을 붙잡고 감독님께 말했다.

"현장에서 만나 직접 인사드릴래요! 언젠가 꼭이요."

그런 날이 정말 오겠지? "선배님, 안녕하세요? 김규남입
니다!"라고 인사할 수 있는 날이.

질투의 또 다른 말은
연민

부러워할 시간에 하나라도
더 가꾸자

더 좋은 배우가 되고 싶고, 연기를 잘하고 싶다는 갈망은 가끔 '질투'라는 감정으로 표출되곤 한다. 내 질투의 대상은 항상 '연기를 잘하는 사람'이었다. 남녀노소를 불문하고 연기를 잘하면 그게 그렇게 부러울 수가 없었고, 내 연기와 비교하며 자책했다.

어릴 때는 주저 없이 당당하게 연기를 해내던 연기 학원의 언니, 오빠들이 부러움의 대상이었고, 대학에서는 같이 공부하고 연습했는데 나보다 더 멋지게 장면을 소화해 내는 동기들이 부러움의 대상이었다. 연극무대에 섰을 때는 대사 한마디로 관객을 몰입시키는 선배들이 부러웠고, 연기를 시작한 뒤로는 미처 생각하지 못한 해석으로 대사를 본인의 말로 만들어버리는 배우들이 너무 부러웠다.

질투는 감정을 갉아먹고, 체력을 소모한다고 하지만 그나마 다행인 건 질투와 부러움으로 가득한 감정을 오롯이 내 책임으로 돌렸다는 것이다. 연습을 많이 하지 못해서, 더 노력하지 못해서라고 생각하며 나를 더 혹독하게 대했다. 그런 마음이 계속되다 보면 가지지 못한 것을 부러워하고, 왜 이 모양으로 태어났나 하는 절망에 빠지기도 하지만 감정이 거기까지 가지 않도록 최대한 노력한다. 물론, 지금은 아니다. 부러울 때가 있지만 사람들은 저마다의 능력을 가지고 태어났고, 남들 눈에는 부럽기만 한 그들에게도 틀림없이 고민과 어려움이 있다는 걸 안다.

나에게 대단하게만 보였던 배우도 나처럼 오디션을 보고 떨어지기도 하고, 나의 부러움을 한 몸에 받던 배우도 자신의 연기에 우울해하기도 한다. 어쩌면 나는 겉모습만 보고 그 사람이 가진 걸 부러워하고 질투한 것은 아니었을까?

　우리는 모두 각기 다른 재능을 가지고 태어났다. 그 재능을 일찍 발견한 사람도 있지만 아직 발견하지 못한 사람도 있다. 중요한 건, 우리는 모두 가진 게 다르다는 것이다. 내가 가지지 못한 걸 누군가는 가졌지만, 반대로 누군가에게 없는 게 나한테는 있다. (찾아보면 분명히 있다. 찾아보면!) 그러니까 내가 갖지 못한 걸 질투할 필요는 없다. 대신, 내가 가진 걸 더 가꿔나가는 건 어떨까? 그렇게 하다 보면 나도 누군가의 질투의 대상이 될 수도 있지 않을까?

　부러움과 질투는 일상의 자극이 되기도 하지만, 그 마음이 심해지면 스스로를 갉아먹는 '외로움의 씨앗'이 되고 만다. 그렇기에 자신이 가지지 못한 걸 부러워할 시간에 자신만이 가지고 있는 고유한 재능을 더 가꾸어 꽃피우는 것이 가장 중요한 일이라는 생각이 든다.

괜찮은 내가
괜찮은 연애를 하지 않을까?

내가 괜찮은 연애를 한다는 건,
변한 내 모습이 마음에 들 때다

다양한 경험은 연기에도 큰 도움을 준다. 경험해 본 일을 연기하는 것과 경험해 보지 않은 걸 연기하는 건 보는 사람도, 그걸 연기하는 사람에게도 엄청난 차이를 보여준다. 그래서 지금 내가 빠진 취미도 언젠가는 연기를 통해 더 반짝일 때가 분명히 있으리라고 생각한다. 연애도 마찬가지다. 처음 사랑을 시작할 때의 풋풋함, 사랑에 푹 빠진 사람에게서만 볼 수 있는 강렬함, 그리고 그 사랑을 떠난 보낸 애절함까지. 사랑은 다양한 감정을 느낄 수 있게 만들어준다.

감히 말하지만, 20대의 연애는 30대의 연애를 더 성숙하게 만드는 것 같다. 많은 일에서 경험이 중요하듯 연애 또한 다양한 사람을 만나본 후에야 진짜 사랑을 찾을 수 있지 않을까? 뜬금없이 꺼내기에는 쑥스러운 이야기지만, 나 역시 20대에 좋지 않은 연애를 한 적이 있다. 지금 생각하면 너무 아찔하지만, 그 사랑 때문에 꿈을 포기할 뻔하기도 했다. 지금 생각하면 상대는 나를 걱정하며 했던 충고였겠지만 끊임없이 다른 일을 해보라며 나를 설득했다.

하지만 그 사람과 헤어지고 난 뒤에 알게 됐다. 나를 진짜 사랑하는 사람은 무조건 나를 지지해 준다는걸. 나를 믿어주고, 내 꿈을 함께 꾸고, 나와 함께 그 미래를 만들어간다는 걸 말이다.

'나의 연애가 괜찮은 연애일까?' 하는 의심이 든다면 자신의 모습을 먼저 돌아보면 생각이 쉬워진다. 이 사람을 만나면서 변해가는 모습이 마음에 들면 건강한 연애라고 할 수 있지만, 늘 부족해 보이고 못난 사람이라는 생각이 들면 그건 사랑이 아닐지도 모른다.

그럼에도 나쁜 연애 덕분에 배운 건 있다. 집착도 사랑의 모습이라고 생각했지만, 아니었다. 그건 정말 지독한 집착일 뿐이다. 나쁜 연애는 한 번이면 충분하다. 한 번만으로도 인생의 쓴맛과 많은 것을 배울 수 있었다.

건강한 연애를 하자. 서로가 성장해 가는 그런 연애. 누구보다 먼저 서로의 편이 되어주고, 아낌없이 응원을 보내줄 수 있는 그런 연애 말이다. 연인뿐만 아니라 친구도, 동료도 마찬가지다. 내가 행복하고, 정신적인 여유가 있어야 상대에게 의지하지 않고 부담을 주지 않는다. 그렇지 않으면 우리는 늘 누군가에게 잘 보이기 위해 내가 가진 능력 이상을 쏟아부어야 하고, 혹시라도 내가 마음에 들지 않을까 봐 불안해질 수밖에 없다. 결국 연애도 내가 준비됐을 때 할 수 있는 것 같다.

그렇다고 자신을 완전히 바꿀 필요는 없다. 완벽하게 준비하고 나서야 연애를 시작해야 하는 것도 아니다. 숨기고 싶은 모습까지도 이해해 줄 수 있는 사람, 숨기지 않아도 보듬어줄 수 있는 사람이 진짜 자신의 인연일 테니까. 그리고 사랑은 계획대로 찾아오지 않는다. 교통사고처럼 예상하지 못한 순간에 찾아오기도 하고, 어쩌면 마음과 달리 꽤 오랜 시간이 걸리기도 한다. 그렇다고 마냥 기다릴 필요는 없다. 사랑은 노력한다고 되는 게 아니지만 사랑의 시작은 노력할 수 있다. 시작은 노력하되 그다음은 자연스럽게 운명에 맡겨보자.

그럼에도 30대의 연애가 더 기대되는 것은 나는 점점 더 괜찮은 사람이 되어가고, 무한한 내 사랑을 얼른 나눠주고 싶기 때문이다.

모든 일에 다 애쓸 필요는 없으니까

내 페이스대로 가려면
내가 좋아하는 것을 알아야 한다

자신이 무엇을 좋아하는지 안다는 건 자신에 대해 잘 알고 있다는 것이다. 내가 좋아하는 건 참 많다. 영화, 좋아하는 LP 듣기, 내가 좋아하는 것으로만 꾸며놓은 집, 조용한 도서관, 그리고 모르는 동네를 걷는 것도 좋아한다. 낯선 동네를 하염없이 걷다 보면 긴장감이 사라지고 마음이 평온해짐을 느낀다. 무엇보다 요가도 빼놓을 수 없다.

뭐든 남들보다 잘하고 싶고, 뭐든 버티고 연습하면 가능

하다는 걸 알았던 나는 당연히 요가도 그러면 될 줄 알았다. 안 되는 동작도 억지로 버티고, 아파도 참으면서 자세를 완성시켰다. 그러다 한번은 단체로 약속이라도 한 것처럼 모두가 결석하는 바람에 본의 아니게 선생님과 1대1 수업을 하게 된 적이 있다. 가르칠 학생이 나뿐이니까 선생님의 시선은 당연히 나에게 집중됐고 그게 너무 부담스러웠지만, 그랬기에 더 열심히 했던 것 같다. 하지만 나를 가만히 지켜보던 선생님이 말했다.

"규남 씨는 너무 잘하려고 해요. 요가는 동작을 잘하려고 하는 게 아니라, 나의 능력을 인정하는 수련 과정이에요. 그러니까 너무 애쓸 필요는 없어요."

그 말을 듣고 너무 부끄러웠다. 그리고 나에게 미안했다. 잘하는 거 하나 없는 내가, 어떻게든 잘해보려고 겨우겨우 버텨왔는데, 그 모습을 들켜버린 것만 같았다. 그전까지는 남들만큼 해내기 위해 더 혹독하게 나를 향한 기준과 잣대를 높이곤 했다. 하지만 요가를 통해 깨닫게 되었다. 무슨 일이든 힘을 주고 버티는 것만이 최선은 아니라는 것. 자신의 능력을 알고, 자신이 할 수 있는 능력 안에서 차근차근히 해나가면 된다는 것.

덕분에 그 이후 요가는 내가 제일 좋아하는 운동이 되었고, 〈띱〉을 시작한 뒤 정신없는 일정 속에서도 멘털 관리 차원에서 꼭 요가를 빠지지 않고 있다. 좋아하고, 즐겨하는 취미가 있다는 건 마음에 숨 쉴 수 있는 시간을 주는 것이라고 생각한다. 평정심을 찾게 해주고, 나를 좀 더 온화하게 만든다.

때로는 기분 전환을 위해 달리기도 한다. 그러다 보면 앞서가는 사람을 따라잡으려는 욕심이 생겨 오버페이스로 달리기도 하는데 결국 지쳐서 속도를 늦추고 심호흡으로 호흡을 가다듬는다. 처음에는 운동복을 갖춰 입고 상쾌한 모습으로 한강을 달리는 모습을 그렸지만, 실제로 달려보니 현실은 달랐다. 겉보기에 멋진 운동복이 실제로는 불편한 경우가 많았고, 결국 편안한 옷을 선택하게 되었다.

달려보니 알 것 같다. 달리다 보면 아무것도 보이지 않는다. 그저 호흡 소리와 앞으로 달릴 길에만 집중하게 된다. 이후로 생각이 복잡한 날이면 무조건 달린다. 달리다 보면 나에게 좀 더 집중할 수 있으니까. 인생도 자신의 페이스대로 가는 게 정답이다. 요가나 달리기를 통해 깨닫게 되는 것처럼, 인생도 자신만의 속도로 가는 것이 중요하다. 그 과정에서 내가 즐거움을 느끼는 일들을 더한다면 더 의미 있을 것이다.

꿈은 나를
배신하지 않을 거라는 확신!

'하지 말걸'이라고
생각할 시간에 하나라도 더 하자

살다 보면 우리는 다양한 선택지 앞에 놓이게 된다. '점심은 뭐 먹지?'부터 시작해서 '내일은 뭘 입고 나갈까', '유튜브 5분만 더 볼까?' 같은 사소한 질문이 미래가 바뀌는 심각한 질문이 될 때도 있다. 내 인생에 있어 처음으로 갈림길을 만난 건 고등학교 1학년 말로 이과에 갈지 문과에 갈지를 결정해야 했던 때였다.

그때까지도 나는 내가 뭘 잘하는지, 뭘 좋아하는지도 몰랐다. 딱히 꿈이 없었기 때문에 수학보다는 국어를 좀 더 잘하는 것 같다는 단순한 이유로 문과를 선택했는데, 고등학교 3학년이 되니까 이번에는 어느 대학, 어떤 과를 갈 건지 정하라고 했다.

꿈이 찾아오는 속도는 사람마다 다르다. 누군가는 어렸을 때부터 하고 싶은 일이 확고해서 그 길을 향해 곧바로 가기도 하지만 누군가는 서른, 혹은 마흔이 넘어서도 하고 싶은 게 딱히 없어 주어진 대로 하루하루를 살아가기도 한다. 게다가 꿈이 있다고 해서, 모두 다 이룰 수 있는 것도 아니다. 누군가는 고속도로를 달리듯 결심한 순간부터 다음 단계가 술술 풀리기도 하지만, 누군가는 비포장도로를 걷는 것처럼 힘들고 버겁게 꿈에 다가가기도 한다. 걸어온 그 길이 아닌 것 같아 되돌아오기도 하고, 한참을 길 위에 서서 지나가는 기회를 붙잡기 위해 기다리기도 한다.

나는 영화를 전공하고 싶었지만, 그 기회는 쉽게 오지 않앉고 차선책으로 선택한 뮤지컬과에서 더 많은 것을 얻을 수 있었다. 그러니까 꿈이 없다고 속상해하거나 조급해하지 말자. 꿈으로 가는 속도가 너무 더디다고 속상해하지도 말자. 세상의 모든 꽃은 피는 시기가 다를 뿐, 피지 않는 꽃은 없으니까. 우리가 포기하지 않는 한, 꿈은 절대 우리를 배신하지 않는다는 그 말을 믿어야 한다.

배우가 되고 싶다고 결심한 뒤로, 나는 100번이 넘게 오디션을 봤다. 물론 지금도 꾸준히 오디션을 보고 있다. 보통은 작품마다 준비해야 할 것이 다른데, 자율적으로 연기를 해야 할 때는 한지민 배우가 아나운서 지망생으로 나왔던 드라마 〈눈이 부시게〉의 한 장면을 연기하곤 한다.

아나운서가 꿈이지만, 현실은 방구석 백수인 〈눈이 부시게〉 여주인공은 대학교 방송반 모임에 나갔다가 아나운서가 된 후배에게 망신을 당한다. 왜 아나운서가 되고 싶은지 스스로 대답할 수 있을 정도의 노력은 해야 하지 않느냐고 따져 묻는 남주인공의 묵직한 직구에 여주인공은 눈물을 흘리면서 이런 대사를 한다. 이 길이 아닌 것은 확실히 알겠는데, 이걸 버릴 용기는 없다고. 이걸 버리면 다른 꿈을 꿔야 하는데, 그 꿈을 이루지 못할까 봐 겁이 난다고.

웹드라마 〈짧은 대본〉의 오디션 때 이 대사를 보여주고 합격할 수 있었다. 어쩌면 내 상황에 너무도 와닿았던 말이라 내가 하는 말처럼 진심을 담아 연기한 덕분인지도 모른다. 물론 매번 합격만 하는 건 아니다. 오디션에 떨어지고 나면 몸은 천근만근, 마음은 소용돌이 치지만 인생에 불필요한 경험은 없다고 생각한다. 정말 쓸데없는 경험이라도 '아, 다시는 이렇게 하지 말아야겠다'라는 가르침을 주기 때문이다.

내가 한 연기를 보면서 '아, 이렇게 못할 거였으면 하지 말걸!' 하는 후회는 하지 않는다. 안 하는 것보다 해보는 것이 더 낫다는 건, 지난 30여 년의 세월 동안 직접 부딪히면서 터득한 것이니까. 과거에 연연해 봤자 돌이킬 수도 없고, 미련만 남기 마련이다. 그러니 지금 이 순간, 내가 할 수 있는 선에서 최선을 다하자.

나의 일상을
채우는 말들

감사함을 떠올리면
우리의 일상은 사랑이 된다

일기를 쓰는 습관을 들이고 있다. 특히 스트레스를 받을 때면 일기장만큼 후련한 대상도 없다. 신랄하게 불만을 쏟아내기도 하고, 때로는 아무 말도 적지 못한 채 일기장만 바라볼 때도 있다. 어차피 일기는 나만의 공간이기에 어떤 이야기든 자유롭게 적을 수 있다.

펜으로 종이에 글을 쓰면 뇌 활동이 가장 활발히 자극된다고 한다. 생각이 많다는 건 결국 뇌를 자극할 때라는 증

거라고 했다. 그러니까 뭐든 적어야 한다. 그래야 생각도 정리되고, 마음도 차분해진다. 적어도 나는 그렇다.

1년 전 쓴 일기를 보며 '와, 이때도 나한테 이런 일이 있었네? 어떻게 1년 전에도 똑같은 고민을 하고 있었지? 걱정도 비슷하잖아. 이렇게 고민했으면서 잘 살아왔고, 여전히 그 문제의 답을 알지는 못하지만 사는 데 아무 지장이 없다는 걸 알게 됐으니까, 됐어!' 하고 반성도 한다. 모든 일은 흘러가기 마련이고, 나의 고민과 걱정도 별일 아니라는 듯 어느새 흐릿해져 간다. 그렇게 생각하면 편해진다. 현재의 이 고민도 시간이 지나면 아무 일도 아닌 것처럼 살아가고 있을 테니까.

지난 일기를 보면 다양한 순간이 담겨 있다. 뿌듯해지는 내용으로 감동을 주는 페이지가 있는가 하면, 진짜 누가 볼까 봐 부끄러워 얼른 덮어버리고 싶은 페이지도 있다. 단정하지 못하고 날아갈 듯한 글자를 보며 그때의 심리상태를 상상해 보기도 하고, 종이가 찢어질 만큼 꾹꾹 눌러쓴 글자를 보며 뭐가 그렇게 분해서 애꿎은 종이에 화풀이했을까 싶어 괜히 웃기도 한다.

결국 그 글들은 모두 내가 쓴 것이고, 나의 과거이자 내 모습이다. 성장의 과정을 담은 소중한 기록이다. 나와 함께 나의 시간을 만들어왔고, 나의 꿈을 응원해 준 든든한 지원군이자 서른을 함께 맞이한 멋진 친구 같기도 하다.

요즘은 감사 일기를 쓰려고 노력 중이다. 오프라 윈프리는 하루에 일어난 일 중 감사한 다섯 가지를 일기에 적는 일을 10년이 넘게 해왔고, 그 덕분에 성공할 수 있었다고 했다. 나도 감사 일기를 쓰려고 하지만, 생각보다 쉽지 않다. 그래도 감사함을 떠올리다 보면 일상의 작은 순간이 모두 사랑스럽게 느껴진다. 물론 때로는 감사한 일을 찾기 어려운 날도 있다. 감사와는 거리가 먼 짜증과 분노, 화로 가득한 날은 '오늘은 감사할 게 하나도 없습니다'라고 솔직하게 있는 그대로의 감정을 기록하기도 한다. 일기장은 그런 다양한 감정을 모두 받아들인다.

오늘 나는 일기장에 어떤 말을 쓰게 될까?

3부

설렘의
순간들을
기억해

타이밍은 평범한 인연도
특별하게 만드는 시간의 마법

의미 없는 인연은
없다는 걸 기억하자

어떤 일의 시작은 매우 위대하고, 거창하다. 역사적인 사건은 그날의 공기부터 달랐음을 느끼기도 한다. 하지만 〈띱〉, 우리의 시작은 그다지 거창하지 못했다. 혁준 오빠와는 대학로에서 연극을 하던 시절에 처음 만났다. 그때만 해도 우리의 인연이 이렇게 길게 이어질 줄은 몰랐다.

혁준 오빠나 나나 먼저 연락하고 챙기는 성격이 아니었는데, 그럼에도 서로를 잘 다독여준 건 둘 다 지방 사람이었기 때문이 아닐까 싶다. 혁준 오빠는 부산, 나는 전주에서 서울로 와 생활하다 보니 공감되는 부분이 참 많았다. 무엇보다 좋아하는 일을 하기 위해 아르바이트를 몇 개씩 해야만 생활을 유지할 수 있을 정도로 힘들었던 시기라 같은 처지에서 오는 동질감이 있었고, 서로에게 건네는 위로 속에 어쩌면 내가 듣고 싶고, 나에게 해주고 싶은 말이 담겨 있었는지도 모른다. 그렇다 보니 친하다고 말할 정도는 아니지만 서로를 챙기게 됐고 끈질기게 인연을 이어오지 않았나 싶다.

그러다 2017년 1월, 내가 계속 배우로 살아갈 수 있을까를 고민하던 때 평소 관심 있었던 건축 인테리어 일을 조금씩 배우면서 자격증 시험까지 보게 됐다. 그리고 덜컥 시험에 합격했다. 이렇게 점점 배우라는 직업과는 멀어진다고 생각했지만 또 무언가를 해낸 자신감에 인스타그램 스토리를 올린 게 시작이었다. 많은 사람의 축하 속에 혁준 오빠에게 도착한 메시지를 핑계 삼아 서로의 안부와 근황을

물었다. 그러면서 미래를 걱정하는 와중에도 자격증으로는 내 마음의 근원적인 열망이 해소되지 못한다는 걸 깨달았다. 그렇게 불쑥 오빠에게 말했다.

"우리 연기 영상 찍는다고 생각하고, 유튜브 한번 해볼래?"

왜 그런 생각을 했는지는 아직도 모르겠다. 그냥 연기를 더 하고 싶었고, 자격증이 있다 해도 배우에 대한 끈을 놓고 싶지는 않았던 것 같다. 뜬금없는 제안이었지만 혁준 오빠 역시 그즈음 새로운 일을 찾던 시기였기에 내 말이 오빠의 마음속 열정을 꿈틀거리게 했나 보다. 그렇지 않으면 말한마디에 그렇게 빨리 진행될 수는 없었을 것이다.

유튜브를 해보자는 말은 던져놨지만, 사실 어떤 계획도 없었다. 하지만 혁준 오빠는 달랐다. '해볼까?' 하는 마음을 먹자마자 새로운 멤버인 태용 오빠를 섭외했고 다 함께 만나기 위한 미팅 날짜를 잡으면서 앞으로 해나갈 일을 머릿속에 그리기 시작했다. 그렇게 우리의 〈띱〉이 시작됐다.

생각해 보면 사람의 인연은 참 위대한 것 같다. 만약 그때 내가 자격증을 따지 않았다면, 혁준 오빠가 내가 자격증을 딴 걸 보고도 축하 인사를 건네지 않았다면, 그리고 불쑥 유튜브 하자는 말을 꺼내지 않았다면 아무 일도 일어나지 않았겠지? 그렇게 하나하나 생각해 보면 모든 일이 다 선물 같다. 마치 날 위해 준비되어 있던 인생의 이벤트 같아 기분이 좋아진다. 앞으로 나는 또 얼마나 많은 인연을 만들어가고, 소중한 기억으로 채워갈까?

그러니까 앞으로 내 인생에는 아무 일도 일어나지 않을 거라고 단정 짓지 말자. 어떤 인연은 운명처럼 다가오기도 하지만, 평범한 사이도 약간의 타이밍이 맞으면 특별한 인연이 되니까. 나와 혁준 오빠, 그리고 태용 오빠처럼 말이다.

✦

우리가 한 팀이라
행복해

고마움을 알게 해주는 사람과 함께 있으면
늘 든든하다

〈띱〉의 또 다른 멤버인 태용 오빠는 혁준 오빠를 통해 알게 되었다. 태용 오빠는 살면서 내가 본 사람 중 가장 착한 사람이다. 예의 바르고 깍듯한 건 물론, 무척이나 따뜻한 사람이다. 계속되는 스케줄에 지쳐 있거나 평소보다 말이 없으면 그 변화를 금방 눈치채고 물어본다.

"오늘 무슨 일 있어? 어려운 부분이 있거나 힘들면 얘기해, 알았지?"

오빠의 이런 섬세함이 참 고맙다. 다 함께 고생하고, 힘들다는 걸 알지만 그래도 이렇게 알아봐 주고 투정 부릴 수 있게 발판을 마련해 주면 나는 언제든 어리광을 부릴 수 있다. 언젠가 태용 오빠가 조금 쑥스러워하며 꺼낸 말이 있다.

"있잖아, 요즘 제일 행복한 게 뭔지 알아? 먹고 싶은 거 마음껏 먹을 수 있어서 좋다는 거야. 그게 얼마나 중요한 건지 알지? 맛있는 거 먹는 게 최고야!"

단순하지만, 항상 다정하고 긍정적인 사람! 작은 것에도 감동하고 감사할 줄 아는 태용 오빠의 모습이 오늘도 큰 힘이 된다. 힘들고 지칠 때면 언제든 기댈 수 있는 오빠가 있고, 그럴 때마다 "괜찮아."라고 말해줄 오빠가 있어 든든하다.

배우 생활을 시작한 뒤로 나는 줄곧 혼자 다녔다. 아이돌 그룹처럼 팀으로 활동하는 것이 아니기에 당연한 일이지만, '배우'라는 신분으로 현장에 가면 연기를 해야 하는 사람은 나뿐이고 믿을 사람 역시 나밖에 없다고 생각하게 된다. 연기를 하는 것도 오롯이 나의 능력이고, 그 연기에 대한 평가도 내가 감당해야 한다. 그래서 더 단단해지려고 애썼고, 혼자서 그 모든 걸 감당해 왔다.

하지만 〈띱〉을 하면서 나에게도 팀이 생겼다. 현장에서 겪는 부담감과 긴장감을 셋이 3분의 1씩 나눠 가진다. 팀, 하나의 그룹이 된 것이다. 어쩌면 단체종목의 국가대표 선수들이 이런 마음이 아닐까? 나보다는 우리가 먼저다. 혼자 연기를 할 때는 혼자서 작품과 인물을 해석해야 했지만 오빠들과 함께하며 연기의 방향성도 의논하고, 애정을 담아 서로에 대한 꼼꼼한 모니터링도 하게 된다. 그게 참 좋다.

가끔 팀으로 활동하니까 싸우지는 않느냐는 질문을 받기도 한다. 이 질문에는 단 1초도 고민하지 않고 대답할 수 있다. 없다! 혹시라도 남들 눈에 그렇게 보였다고 해도, 그건 싸움이 아니라 의견 나눔이었다. 굳이 생각해 보면 카메라 구도 문제로 의견이 다를 때가 종종 있는데 일과 관련해서는 나와 오빠들 모두 이성적으로 평가를 한다. 다행인 건 세 명이니까 어떤 문제든 2대 1, 다수결로 해결된다. 그렇게 결정되면 의견이 묵살당했다고 생각하지 않고 자연스럽게 나머지 둘의 의견을 믿게 된다.

혁준 오빠는 꽤 이성적인 사람이다. 일을 엄청나게 잘하는 사업가 체질 같달까. 오빠와 이야기를 나눌 때면 "작년만 같았으면 좋겠다."라는 말을 많이 한다. 앞으로 어떤 모습이 되고 싶고, 어떤 삶을 살고 싶다는 미래지향적인 계획이 아닌, 과거의 내 모습에 만족하는 것이다. 지금 이 순간을 사랑하는 혁준 오빠의 만족감이 참 부럽다.

우리는 가끔 서로에게 고맙다고 넙죽 절을 하기도 한다. 유튜브를 시작하기 전에는 생활이 참 어려웠는데 〈띱〉을 하면서 좋아하는 연기를 계속할 수 있고 조금씩 자리를 잡으면서 아르바이트도 관두고 한 가지 일에만 매달릴 수 있어 너무 행복하다고 말한다. 오빠들의 표정과 말투에도 행복이 뿜어져 나온다. 이렇게 만족과 감사함을 아는 오빠들과 한 팀이라서 너무나 행복하다. 오빠들의 이 모습을 오래오래 기억하고 닮고 싶다.

운명 같은 일을
기다린다는 건

앞으로의 모습이
기대되는 사람이 되자

매주 토요일 낮 12시, 유튜브 〈띱〉에 새로운 영상이 업로드된다. 영상이 올라갈 때마다 드는 생각은 매번 똑같다. 이번 영상은 얼마나 많은 분이 공감하고 좋아해 주실까 하는 기대감과 함께 '혹시 재미없어 하면 어쩌지? 내용이 뻔하다고 실망하면 어떡해? 내 연기를 마음에 안 들어 할 수도 있겠지?' 하는 걱정으로 언제나 긴장되고 두렵다. 이제는 익숙해질 법도 하지만 설렘과 긴장, 기대감과 두려움을 동시에 느끼는 건 〈띱〉을 하는 한 계속될 것 같다.

그동안 〈띱〉에는 꽤 많은 에피소드가 등장했고, 그중에서 개인적으로 좋아하는 건 '운명'편이다. 짧게 줄거리를 얘기하자면, 배우 지망생인 규남이 카페에서 아르바이트를 하면서 여러 오디션을 보던 중 유명 영화감독인 태용이 카페에 손님으로 찾아온다. 태용을 단번에 알아본 규남은 우연히 엿듣게 된 전화 통화에서 새 영화의 주인공을 찾고 있다는 사실을 알게 되고, 태용에게 잘 보이려고 갖은 노력을 해보지만 생각처럼 잘되지는 않는다. 그러다 손님으로 온 혁준에게 매우 중요한 일이라며 연기를 도와달라고 즉석에서 부탁하고 감독이 찾고 있는 배우의 조건에 부합되는 다양한 연기를 시도하게 된다.

드디어 그런 규남의 노력을 눈치챈 걸까? 태용이 "저기요?" 하고 말을 걸고 규남은 캐스팅이 된 줄 알고 기뻐하지만, 오디션 날 커피 단체 주문을 하고 싶다는 말이었다. 규남은 실망감과 허탈감을 느끼며 눈물을 꾹 참는다. 하지만 여기서 끝이 아니다. 반전은 이때부터다. 규남의 연기를 도

와준 혁준이 알고 보니 영화사 투자자였고, 아직 주인공을 못 찾았다는 감독의 말에 규남을 바라보며 '기똥찬 배우'를 안다고 말하며 에피소드는 끝이 난다.

'운명'편은 배우 지망생들에게는 제목 그대로 운명 같은 일이다. 어릴 때부터 늘 꿈꿔왔던 일이지만 솔직히 이런 일이 쉽게 일어나지 않는다는 것도 안다. 아니, 거의 일어나지 않는다고 하는 게 맞다. 하지만 어딘가에서는 꼭 일어날 거라고 믿고 싶었고, 마치 내 일인 것처럼 대본을 쓰면서도 감정이 벅차올라 눈물이 터졌다. 그 어떤 에피소드보다 진심을 담아 연기하고 싶었기 때문에 참 특별한 에피소드다.

이 에피소드가 공개된 뒤 배우 지망생들의 댓글이 많이 달렸다. 처음부터 끝까지 하나도 빼놓지 않고 댓글을 읽으면서 말로 표현할 수 없는 감동을 느꼈다. 그 댓글들은 내가 연기하면서 힘들 때마다 찾아보는 '행복 수첩' 같은 존재가 되었다. 대부분은 '공감된다', '눈물 난다', '이번에도 재미있었다'라는 내용이지만 수많은 댓글 중에서도 '앞으로도 계속 연기를 해줬으면 좋겠다'라는 말이 너무 좋았다. 말로는 설명할 수 없는 엄청난 감동을 받았다고 하면 이해할 수 있을까?

한 명의 진정성 있는 응원만으로도 연기를 해나가는 과정이 더 의미 있게 느껴진다. 험난하고 어려운 것들 사이에서도 언제까지나 나만의 연기를 하고 싶다. 그렇게 연기를 사랑하고, 다가가다 보면 나에게도, 그리고 우리에게도 운명 같은 일이 일어나지 않을까? 오늘도 그 운명을 믿고 기다려본다.

내 안에 존재하는
수많은 나와 함께

하고 싶다는 건
해볼 수 있다는 또 다른 의미다

〈띱〉 에피소드 중에서 가장 기억에 남는 건 '그놈이 왔다'의 여름편과 겨울편이다. 여름편은 아무리 덥다고 해도 절대로 에어컨을 켜지 않는 짠순이 규남의 집에서 남자 친구인 혁준과 친오빠 태용이 몰래 에어컨을 켜면서 벌어지는 일이고, 겨울편은 반대로 보일러를 켜면서 시작된다.

'그놈이 왔다' 두 편의 에피소드에서 짠순이 규남은 에어컨과 보일러가 작동하는 모습을 보고 돌변한다. 한마디로 광기 가득한 살인마로 변해 험악한 분위기를 만들고, 감금과 협박을 일삼기도 하며, 대사와 표정도 예사롭지 않다. 정신이 나간 것처럼 앙칼지게 "아하하하하하!" 하며 웃기도 하고, 무섭게 눈을 부릅뜨고 솔직히 말하라고 윽박지른다. 그동안 내가 해온 연기와는 완전히 결이 다른 연기라 이 연기가 참 어려웠다.

한 번도 해본 적이 없으니 잘했는지, 못했는지를 평가할 비교 작품이 없었고, 내 이미지가 캐릭터에 방해되는 것 같아 몰입하는 것도 쉽지 않았다. 잘못하면 전혀 무서워 보이지 않을까 봐 시작 전부터 고민이 많았지만, 연극 무대에서 오랜 시간 여러 다양한 역할을 해온 두 오빠는 나의 고민을 대수롭지 않게 여겼다.

하지만 언제까지나 내가 하고 싶은 것만 하고, 해왔던 역할만 하며 지낼 수는 없다. 그건 우리의 인생도 마찬가지가 아닐까? 나는 할 수 없다고 생각해 왔지만 의외의 재미를 느끼고 재능을 찾을 수도 있다. 그러니까 '못한다', '어렵다'라는 생각으로 잠재력을 가둬두지 말자.

이렇게 말할 수 있는 건, 내가 연기를 망설였던 순간이 또 있었기 때문이다. 서울에 온 뒤 첫 연극 무대에서 할머니 역할을 한 적이 있다. 할머니뿐만 아니라 어린아이와 20대 여성까지 연기해야 했던 멀티역이었는데 처음 하는 연극에서 다양한 역할을 소화해야 하는 게 힘들어서 늘 주눅이 들어 있었다. 함께 무대에 올랐던 언니, 오빠들의 시선이 너무 무서웠고, 조금만 실수해도 연기를 왜 그렇게 하냐는 핀잔을 듣기도 했다. 악으로, 깡으로 버텼다는 말이 맞을 정도로 울면서 연기를 배웠고 그러다 한번은 정말 놀라운 경험을 했다.

그날도 어김없이 할머니로 분장하고 무대에 올랐다. 사실, 멀티역 중에서도 할머니 역할이 가장 어려웠던 건 내가 살아보지 못한 세대의 사람인 데다가, 지나온 세월의 서사를 이해하지 못했기 때문이었는데 그날따라 연기하는 할머니의 마음이 내게 와닿았다. 줄거리는 할머니와 할아버지의 사랑 이야기였다. 연기를 하면서도 상대역인 할아버지가 너무 사랑스러웠고 애틋했으며, 죽음 앞에 서 있지만 오래오래 계속 보고 싶다는 생각이 들었다. 그렇게 누구보다 역할에 빠져드는 경험을 한 뒤 무대에서 내려왔는데, 할아버지 역을 연기했던 배우가 이런 말을 건넸다.

"너, 오늘 제일 예쁜 할머니였어."

그 순간, 말로 설명할 수 없는 행복함이 밀려왔다. 역할에 빠지면 나는 물론 다른 배우와 관객까지도 그 감정을 고스란히 느끼게 된다는 것이 엄청난 매력으로 다가왔다. 이게 연극만이 보여줄 수 있는 묘미라고 생각한다. 다시 그런 연기를 할 수 있을지, 또 그때와 같은 감정을 느낄 수 있을지 장담할 수는 없지만, 더 나이가 들기 전에 다시 한번 할머니 역을 연기해 보고 싶다. 괴로운 날도 있지만 그럼에도 불구하고 연기는 계속 나를 빠지게 만드는 힘이 있다. 연기는 늘 나에게 '하고 싶다'는 꿈을 가지게 해주는 것 같다.

안 될 때는
처음부터 다시!

수시로 나의 첫 마음을 떠올려보자.
처음의 우리는 더없이 빛났으니까

    유튜브를 해보자고 했을 때, 제일 걱정됐던 건 이미지 소모를 하는 것이 아닐까 하는 생각이었다. 그리고 막상 유튜브를 시작하면 거기에만 매달려야 할 것 같았다. 유튜브를 중심으로 일을 하다 보면 제대로 연기를 시작하지 못하는 건 아닐까 고민도 했다. 〈띱〉의 첫 영상을 찍으면서도 이 길이 맞나 고민했고, 영상을 올리기 전에도 그만둬야 하나 고민에 고민을 거듭했다.

그럴 때마다 마음을 다잡게 해준 말은 간단했다. "그래도 해보자!" 아직 해보지 않은 일이니까 끝이 어떻게 될지는 모른다. 답은 없다. 그러니 일단 시작해보자.

〈띱〉의 작업 시스템을 궁금해하는 사람들이 꽤 많다. 간단히 소개하면, 대본 회의는 주로 비대면 줌을 활용한다. "다음 주에는 뭐 할까?"로 시작해서 큰 틀을 잡아가는데, 혁준 오빠가 엄청난 아이디어 뱅크다. 상상력이 풍부하고, 글 쓰는 걸 좋아해 우리의 생각이 정리되면 거기에 뼈대를 세우고, 살을 덧붙여 시나리오 작업을 한다.

내가 낸 아이디어 중에서 MBTI의 N과 S의 차이를 보여준 에피소드가 있다. 나는 N, 친한 친구는 S 성향인데 대화하다 보면 J와 P, T와 F만큼 N과 S의 차이도 엄청나다는 걸 느낄 때가 많다. N인 나는 머릿속에 다양한 상상이 자동 재생되는데, S인 친구는 도대체 왜 그런 것까지 상상하는지 이해하지 못할 때가 많았다. 그런 우리의 에피소드를 영상으로 제작해 보았더니 큰 관심을 받을 수 있었다.

계속해서 〈띱〉의 시스템을 이야기해 보자면, 태용 오빠는 기술적인 부분에 관심이 많다. 조명이나 카메라 구도, 편집 기술에도 욕심이 있어서 다른 촬영 현장에 찾아가 "이건 무슨 카메라예요?", "이런 효과는 어떻게 내는 거예요?" 등등 스파이처럼 이것저것 캐내곤 한다. 그리고 나. 나는 배우들을 캐스팅하거나 지인 찬스를 이용해 섭외를 도맡는다.

이렇게 서로 다른 능력치를 가지고 있기 때문에 〈띱〉은 너무도 평탄하고 원활하게 흘러가고 있지만 우리의 본바탕은 '연기'다. 그래서 매주 촬영에 앞서 "연기만 하자! 연기에만 신경 쓰자!" 이 말을 되뇌었다. 이 마음은 유튜브를 시작하기로 했을 때부터 가져왔던 우리 셋의 다짐이었고, 늘 연기에 진심이고 싶었다.

하지만 시간이 흐르고, 바빠지면서 솔직히 우리의 다짐

도 흐릿해지기 시작했다. 어쩔 수 없는 변화였다. 연기보다는 편집에 더 신경 쓰게 되고, 연기보다는 다른 것에 중점을 두다 보니 어느 순간 '이게 아닌데…' 하는 생각이 들기 시작했다. 이건 나뿐만 아니라 혁준 오빠, 태용 오빠도 마찬가지였다.

연기에만 신경 쓰자고 말해왔던 우리의 다짐은 무색해져 버렸고, 연기 외적인 걸 더 신경 쓰다 보니 촬영 현장이 즐겁지 않다는 걸 깨닫기에 이르렀다. 너무 늦지 않게 깨달을 수 있어서 정말 다행이었다. 정말 큰일 났다 싶어 오빠들과 심각하게 이야기를 나눴고, 결국 우리의 결론은 하나였다.

"처음처럼 다시 해보자!"

요즘은 셋 다 마음을 다잡고 연기에 집중한다. 그리고 서로의 연기에 아낌없는 코멘트를 덧붙인다. 꿈은 사라지지 않지만 가끔 흐릿해질 때가 있다. 흐릿해진 꿈을 다시 선명하게 만들기 위해서는 저마다의 반성과 노력이 필요하지 않을까? 흔히들 말하는 초심으로 돌아가 보기도 하고, 내 꿈이 더 빛날 수 있게 누구보다 열심히 매달려보는 거다. 그러면 언제나 내 옆에서 그 꿈도 빛나고 있을 거라고, 나는 믿는다.

✦

나와 다르다고 틀린 건
아니니까

다름을 경험해 보기,
같음을 고마워하기

  사람들은 드라마를 보며 주인공과 그 역할을 연기하는
배우를 동일시할 때가 있다. 바람둥이 망나니 역할의 배우
가 시장이나 식당에 가면 아주머니들에게 등짝을 맞는다
는 이야기도 있고, 들장미 소녀 캔디처럼 꿋꿋하게 살아가
는 역할의 배우에게는 먹을 거라도 하나 더 쥐여주며 응원
의 말을 건네는 사람도 있다고 하니 참 순수하다는 생각도
든다. 나도 어릴 때는 그랬는데, 배우가 된 뒤로는 너무 역
할에 몰입하지 않으려고 애쓰기도 한다. 나중에 그 역할에

서 헤어 나오지 못할까 봐 걱정되기도 하지만, 어쨌든 가장 나다운 모습으로 나답게 연기하는 게 제일 좋다는 걸 알기 때문이다.

〈띱〉을 보고 김규남이란 사람이 진짜 그런 성격인 건지 정말 그런 말투를 쓰는지 궁금해하는 사람들도 꽤 많이 만났다. 그래서 감히 꼽아보자면, 나와 꼭 닮은 모습은 'F의 연애, T는 이해불가'편이다. 당연히 가장 다른 건 'T의 연애'편이겠지? MBTI를 소재로 한 이 에피소드에 특히 많은 사람이 공감했던 것 같다. MBTI로 따지면 나는 극F다. 완벽한 감정형이고, 공감 능력도 높은 편이다. 그래서 'F의 연애'편을 연기하고, 시나리오 작업에 참여했을 때는 쉽게 대사를 이어나갈 수 있었다. '이거 완전 내 이야기잖아?'라는 생각이 들었고 '맞아, 맞아' 하며 많은 공감을 했다.

하지만 'T의 연애'편은 정반대였다. 도저히 연기를 할 수가 없었다. 대사 중에 남자 친구에게 "그 옷 이상해. 완전

아저씨 같아."라고 말하는 장면이 있었는데, 어떻게 이런 말을 대놓고 할 수 있는지 도저히 이해되지 않았다.

'이게 맞아? 이게 정말 재밌어?'라는 생각을 떨칠 수가 없었지만, 혁준 오빠는 맞다고 했다. 한 번만 자기를 믿어 보라면서 말이다. 〈띱〉 멤버 중에서 나와 태용 오빠는 F지만 혁준 오빠는 극T다. 그래서 'F의 연애' 시나리오를 나와 태용 오빠가 주도적으로 썼다면, 'T의 연애'는 전적으로 혁준 오빠에게 맡겼다. 그리고 결국 혁준 오빠의 말이 맞다는 걸 조회수나 댓글을 보며 실감할 수 있었다.

〈띱〉을 통해 본래 내 모습과 성격을 보여줄 때도 있지만, 정반대의 모습을 보여줘야 할 때도 있다. 그럴 때는 늘 걱정이 앞서지만, 내 연기를 보고 공감하고 재밌어하는 구독자를 볼 때마다 뿌듯함을 느끼는 것도 사실이다. 마치 처음 사회를 경험해 보는 것처럼 세상에 이런 사람도 있고, 그걸 경험해 보는 것만으로도 신기하다. 나는 보기보다 보수

적이라 내 안의 무언가를 깨는 일이 쉽지 않다. 인간관계도 깊지만 넓지 않고, 활동하고 좋아하는 공간 역시 다양하지 않다. 그래서 어쩌면 나와 닮은 사람에게는 동질감을 느끼지만, 반대되는 모습에는 움츠러들고 조심스러웠는지도 모른다.

키가 작은 사람은 키가 큰 사람에게 매력을 느끼고, 피부색이 어두운 사람은 피부가 하얀 사람을 좋아하는 경우가 있다. 내가 가지지 못한 부분을 가졌기 때문에 상대방을 통해 채우고 싶은 심리인지도 모른다. 'MBTI 궁합' 역시 정반대의 성향이 의외로 잘 맞는다고도 하니까 나와 다르다고 해서 무조건 밀어낼 필요는 없는 것 같다. 그럼에도 비슷한게 더 좋고, 닮아서 마음이 가는 사람도 있을 테니까 우선은 아무런 정의도 내리지 말자.

닮아서 끌리거나 반대라서 더 좋은 게 아니라 그냥 그 사람이 좋은 거 아닐까? 좋아하는 사람이 생기면 어떤 이유를 붙여서라도 좋아할 수밖에 없는 것처럼 우리의 일도, 생활도 마찬가지라는 생각이 든다. 그러니까 마음의 문을 굳게 잠글 이유가 없다는 것이다. 그 역할 자체가 매력적이고 좋으면, 아무리 나와 다르다고 해도 어느새 나는 연기를 하고 있을 거라는 걸, 〈띱〉을 통해 하루하루 알아가게 된다.

꿈의 가지는 어디든
뻗어나갈 수 있으니까

해보고 싶은 일이 많아진다는 건,
지금 재밌는 일을 하고 있다는 증거다

〈띱〉은 10분 이내의 짧고 코믹한 이야기를 보여주는 '스케치 코미디'다. 그런데 만약에! 정말 만약에 스케치 코미디의 인기가 끝나고 어느 순간 우리의 에피소드도 고갈된다면, 그때는 뭘 해야 할까? 오빠들과 상의한 적은 없지만, 개인적인 바람으로는 단편영화를 찍어서 우리 채널에 올리고 싶다. 단편이든 장편이든 영화는 개봉되기까지 수많은 절차를 거쳐야 하고, 그래서 인고의 시간이 걸리지만 유튜브, 특히 우리의 채널 〈띱〉은 촬영일로부터 일주일 뒤면

즉각적인 반응을 얻어낼 수 있다. 이런 매력 덕분에 단편영화를 찍어 올려보고 싶다. 영화의 주제나 내용에 제약받지 않고, 내가 보여줄 수 있는 다양한 연기를 하면서 사람들에게 메시지를 전해보고 싶다.

사실 〈띱〉은 코미디 채널이기 때문에 모든 이야기가 재밌고, 짧은 시간에 수시로 뻥뻥 터트려야 한다고 생각했다. 하지만 이 생각을 깨트려준 에피소드가 있다. 짝사랑을 주제로 한 '같은 과 동기'편이었는데, 동기 규남을 오랫동안 짝사랑해 온 혁준이 과팅을 하러 간 규남을 붙잡지도 못하고, 규남의 SNS만 보면서 속앓이한다. 사진이 올라올 때마다 일희일비하며 어떻게 해야 할 지 몰라 안절부절못하는데, 결국 그 SNS를 통해 규남의 마음도 혁준에게 향해 있다는 걸 알고 설렘 가득한 엔딩으로 끝나는 에피소드다.

촬영을 하면서도 평소 우리의 시그니처라고 할 수 있는 웃음 포인트가 없어 고민됐고, 마지막 촬영을 하는 순간까지도 웃기게 가야 하는 게 아닐까 생각했지만, 그건 우리만의 기우였다. 짝사랑이 이뤄진 그 감동만으로도 사람들은 너무나 좋아해 주었다. 무조건 웃겨야 한다는 나의 편견이 깨진 것이다. 웃기는 것과 재미는 다르다는 것도 그제야 이해했다. 감동도 재미가 될 수 있고, 묵직한 생각을 할 수 있게 해주는 것도 어떤 면에서는 재미가 될 수 있다.

그렇다고 모든 에피소드가 환영받는 건 아니었다. 해피엔딩으로 끝나지 않는 에피소드가 하나 있었는데, 태용이 동호회에서 알게 된 규남을 좋아하지만 끝끝내 고백할 타이밍을 놓쳐 울부짖으며 마무리되는 내용이었다. 짝사랑이 이뤄진다는 내용은 너무 흔하고 틀에 박힌 것 같아서 이런 상황도 있다는 얘기를 해주고 싶어 정한 결말이었는데, 이 영상이 올라간 뒤 우리는 생각보다 많은 항의를 받아야만 했다. 태용도 사랑하게 해달라, 현실에서 못하는 연애를 대리만족이라도 하게 해달라, 그냥 슬픈 건 무조건 싫다, 이런 댓글이었다. 그러면서 깨달은 건 〈띱〉을 사랑해 주는 구독자는 기본적으로 웃고 싶어서 영상을 본다는 것이었다. 깊이 생각하지 않고, 고민하지 않고, 영상이 끝날 때쯤에는 자연스럽게 입꼬리가 올라가 있는 그런 기분 좋은 즐거움 말이다.

결국 우리는 사람들에게 웃음을 줄 때 더없이 행복하다는 것도 알 수 있었다. 웃음에도 따뜻함이 있어야 한다. 그런 따뜻함이 있다면 언젠가는 진심도 통하는 거겠지? 10년 뒤, 아니 1년 뒤의 나와 〈띱〉은 어떤 모습으로 살아가고 있을까? 단편영화라는 꿈도 언젠가는 이룰 수 있을까?

나는 들꽃 같은
사람

모두 장미일 필요는 없다.
나만의 향기를 가진 꽃이 되자

    사람들이 말하는 유튜브의 장점은 다양성이다. 어떤 주제로든, 누구나 영상을 올릴 수 있고 또 다양하게 찾아볼 수 있다. 크리에이터에게 창의성의 자유를 제공하기 때문에 독창적이며 실험적인 작품을 선보일 수도 있다. 유튜브를 보는 시청자 입장도 크게 다르지 않다. 알고리즘과 함께 폭 넓은 영상을 접할 수 있고, 관심사나 흥미로운 콘텐츠에 대한 욕구를 충족시킬 수도 있다. 거기에 더해 내가 생각하는 유튜브의 장점은 즉각적인 피드백이다. 이건 크리에이

터와 영상을 봐주는 구독자와의 상호작용으로 일어난다. 약속한 시간에 영상을 올리면 구독자들은 '댓글'과 '좋아요' 등 다양한 방법으로 관심을 표현하고, 그 과정을 통해 서로의 공감대가 더욱 끈끈해짐을 느끼기도 한다.

이게 내가 생각하는 유튜브의 가장 큰 장점이고, 그래서 언젠가 우리 채널에 단편영화를 올리고 싶다는 꿈의 발판이기도 하다. 다양한 피드백을 실시간으로 수용할 수 있으니까 내 연기의 스펙트럼이 좀 더 넓어질 것이라고 믿어 의심치 않는다.

구독자들의 피드백은 꽤 다양하다. 영상이 공개됨과 동시에 날것 그대로의 모습으로 찾아온다. 먼저, 우리가 의도한 대로 공감하고, 댓글과 좋아요가 쌓이면 그렇게 행복할 수가 없다. 우리가 틀리지 않았다는 걸 증명하니까 말이다. 반대로 신랄한 댓글이 등장할 때도 많다. 외모를 지적한다거나 재미없다는 반응인데 상처를 안 받는다고 하면 거짓 말이지만, '이 사람은 우리와 코드가 안 맞네? 그것까지 내가 맞출 수는 없잖아' 하며 넘기려고 한다. 그리고 막무가내식의 악플만 아니라면 최대한 수용하려고 한다. 구독자들이 불편해하는 부분을 해소해 주고, 좀 더 확실하고 명확하게 우리의 의도를 전달하려고 노력하다 보면 더 괜찮은 콘텐츠가 만들어질 테니까.

〈띱〉을 하면서 연기할 때와는 비교도 안 되게 참 다양한 댓글을 접했다. 잘 알지도 못하는 나를 위해 무한한 사랑과 응원을 보내주는 동글동글한 댓글도 참 많았다. 그중에서도 내 마음속에 남아 있는 댓글 하나가 있다. 그 댓글을 남긴 분을 나름 예상해 보면, 나보다 훨씬 연배가 높은 50대쯤의 구독자인 것 같았고, 〈띱〉 초창기 때였으니까 우연히 나의 연기를 본 듯했다. 그분이 남긴 댓글은 그 어떤 미사여구를 쓰거나 거창하지도 않았다. 아직도 내 머릿속을 맴도는 딱 한 줄.

"저 여자 배우는 들꽃 같아요."

들꽃 같다는 표현이 처음에는 와닿지 않았다. 그 의미를 파악하는 것도 쉽지 않았다. '특색이 없다는 말인가? 매력이 없다는 뜻은 아니겠지?' 그 한 줄을 해석하기 위해 혼자만의 고민도 깊어갔지만, 가만히 길가에 핀 들꽃을 바라보면서 스스로 깨달을 수 있었다. 들꽃은 자연이 우리에게 준 선물이다. 예쁘지도, 화려하지도 않지만 소박한 편안함이 있다. 나는 누가 봐도 화려하거나 돋보이는 사람은 아니다. 그래서 장미나 백합, 작약 같은 꽃은 될 수 없다. 그걸 알기 때문에 들꽃 같다는 표현이 더 소중한지도 모르겠다.

보고 있으면 편안하고, 진하지는 않지만 은은한 향기를 내고, 혼자서만 즐기기 위한 꽃이 아니라 그 길을 걷는 모든 사람에게 편안함을 주는 들꽃. 들꽃처럼 편안한 배우가 되고 싶다. 어디서든 뿌리를 내릴 수 있고, 길을 걷는 평범한 사람들에게도 잠깐의 행복을 줄 수 있다면 그것만으로 충분하다. 그게 내가 바라는 '배우 김규남'의 모습이다.

멋진 경험만큼
더 멋진 우리

내 일을 사랑하는 만큼
우리는 더 열정적이다

배우가 되고, 〈띱〉을 하면서 다양한 경험을 해왔다. 그중 하나가 라디오다. 학창 시절 한밤중에 라디오를 듣곤 했던 감성이 아직도 남아 있는데, 이제는 내 목소리가 라디오를 통해 세상에 나온다는 게 너무 신기하고 놀라웠다. 일주일에 한 번 출연하는 라디오 게스트지만 〈띱〉 구독자를 라디오 청취자로 만나면 그렇게 반가울 수 없고, 나를 잘 몰랐던 청취자에게 나를 알릴 수 있어 참 의미 있는 시간이다. 또 라디오 게스트를 하면서 아이돌들을 만난 것도 의미 있는 경험이었다. 처음에는 그저 팬들의 우상인 아이돌과 함께 방송한다는 게 신기했지만 그들을 통해 배운 것이 꽤 많다.

그중 하나는 긍정적인 마음가짐이다. 〈띱〉 촬영과 함께, 본업인 연기를 하던 중에 라디오 스케줄까지 잡히니 강철 체력이 아닌 이상 힘이 들 수밖에 없었다. 몸이 지치니까 기분을 끌어올리는 것도 쉽지 않아 얼굴과 목소리에서 피곤함이 드러나곤 하는데 라디오 스튜디오에 도착하면 나의 이 태도를 반성하게 된다. 일주일 만에 만나 서로의 안부를 주고받다 보면, 누구는 그 짧은 시간 동안 팬미팅이나 공연을 위해 해외를 수시로 다녀왔다고 하고, 또 누구는 라디오 스케줄만 있는 오늘이 몇 주 만에 겨우 쉬는 날이라 너무 행복하다고 말하기도 했다. 그들과 이야기를 나누다 보면 내가 바쁜 건 바쁜 축에도 끼지 못할 뿐더러, 그들의 에너지는 나보다 훨씬 더 빛난다는 것도 인정할 수밖에 없었다.

어떻게 저 상황에서도 웃을 수 있지? 어쩜 힘들다는 불평 한마디 하지 않고 에너지 넘치게 방송할 수 있을까? 아이돌 가수들의 에너지는 도대체 어디서 오는 건지 부럽기까지 했다. 그러다 내가 찾은 답은 일에 대한 사랑이었다. 좋아하는 방송을 하고, 좋아하는 무대에 서고, 또 좋아하는 팬들을 만나는 일이었으니까 체력적으로는 힘들어도 눈빛은 늘 반짝이는 거였다.

자기 일을 사랑하는 사람을 만나면 그들만이 뿜어내는 아우라가 있다. 프로페셔널하다는 건, 전문적인 지식과 함께 일에 대한 사랑이 뒷받침되어야 한다. 사람들에게 나는 어떤 에너지를 보여주고 있을까? 개인적인 욕심을 더해본다면, 지금 하는 이 일을 정말 사랑하는 것 같다는 말을 꼭 듣고 싶다. 나는 사람들에게 어떤 빛을 낼까?

＊

나의 능력은
무한해

꿈이 하나일 필요는 없다.
좋아하고 관심 가는 그 일을 하자

유튜브를 시작하겠다고 결심한 뒤, 우리가 준비한 건 딱 두 개였다. 카메라 한 대와 마이크 하나. 그거면 충분했다. 몇 번의 회의를 거쳐 대본이 완성되면 촬영하고 편집했다. 그 일을 매주 반복했고 〈띱〉을 시작한 후에도 아르바이트를 병행했으니 '시간은 금'이라는 말을 체감할 수 있었던 시기였다. 촬영과 더불어 편집, 홍보 등 다른 할 일이 너무 많아 1분, 1초가 부족하다고 생각하면서도, 신기한 건 그 시간이 너무 즐거웠다. 고등학교 때부터 연기만 해왔으니, 내가 할 줄 아는 건 연기뿐이라고 생각했는데 아니었다.

'내가 연기 말고 다른 일을 할 수 있다고? 어라? 의외로 나 잘하는 것 같은데?'

미처 알지 못했던 나의 재능을 발견하고, 무한히 열린 가능성을 엿보면 마음이 무척 설렌다. 나 역시 그랬다. 한 번도 잘할 수 있으리라고 생각한 적 없었던 일이 눈앞에 나타나기 시작했다. 그중에서도 제일 재밌었던 건 '홍보'다.

〈띱〉은 어떤 프로그램이고 무슨 내용을 담고 있으며 어떤 사람들을 공략할 예정인지 기획안을 작성해 다양한 사람들에게 알리는 것부터 시작했다. 작성한 기획안을 토대로 광고를 제안하고 피드백을 주고받으며 우리를 홍보하는 일은 생각 외로 너무 재밌었다. 바로바로 결과를 보여줄 때도 있었고, 뼈아픈 좌절감을 맛볼 때도 있었지만 그럼에도 포기하지 않고 해내고 싶은 마음이 들었다. 나름 꽤 잘해냈다.

오래전부터 늘 꿈은 하나여야 하고, 설레는 일도 하나면 충분하다고 생각했다. 그래서 그 꿈 하나만을 좇으며 살아왔지만 내 생각이 잘못됐다는 걸 서른이 가까워져서야 알게 된 것 같다. 계속 그 꿈속에 머물러 있었다면 소위 말하는 '우물 안 개구리'밖에 될 수 없었을 거라는 생각도 든다. 〈띱〉을 통해 더 넓은 세상을 만나면서 내가 할 수 있는 일이 너무나 많다는 걸 깨달았고, 꿈이 꼭 하나일 필요가 없다는 것도 알게 됐다.

나의 가능성은 언제 어디서 빛을 발할지 모른다. 아르바이트를 하다가 재능을 찾을 수도 있고, 여행을 하거나 공부를 하고 다양한 취미생활을 하면서도 깨달을 수 있다. 내 능력은 무궁무진하다. 아직 찾아내지 못했을 뿐이다. 그러니 스스로를 과소평가하지 말자. 자신이 먼저 '난 이것밖에 못 해!', '그건 내 일이 아니야!'라며 선을 그을 필요도 없다. 나는 내 생각보다 더 많은 능력을 가진 사람이니까. 다양한 경험과 노력을 하다 보면 우리가 예상하지 못한 순간에 새로운 기회가 선물처럼 찾아올지도 모른다. 그때까지 자신을 단련시켜 나만이 할 수 있는 일을 찾아보기를 바란다. 그것이 도전의 이유이지 않을까?

✦

상상의 힘을 믿는
당신에게

꿈을 동사로 꾸면
그 길이 좀 더 명확해진다

"나를 잘 알면 꿈이 보인다."

하지만 혹자는 말한다. 경험해 본 게 없는데, 어떻게 나를 알고 꿈을 찾냐고. 하지만 우리에게는 엄청난 힘을 가진 '상상'이라는 무기가 있다. MBTI N형이라 그런지 나의 상상력은 끝이 없다. 저렇게까지 생각해야 하나 싶을 정도로 많은 걱정을 하고, 다양한 상황을 예측해 본다.

이왕이면 나에게 도움이 되는 쪽으로 상상해 보는 것도

좋지 않을까? 친구 중 한 명은 하늘에 떠다니는 비행기를 보면 너무 설렌다고 늘 말했다. 하늘 위를 나는 비행기 안을 자유롭게 돌아다니는 자신의 모습을 상상하면 그렇게 신난다고 했다. 결국 그 친구의 꿈은 비행기 승무원이 됐다. 한 번도 비행기를 타본 적은 없지만 하늘 위를 가로질러 가는 비행기에 들어가고 싶다는 열망이 꿈으로 이어진 것이다. 비행기를 타보지 않았다고 해서 승무원이 되지 말라는 법은 없다. 그 친구는 상상 속에서 이미 미국도 다녀오고, 일본도 가고, 어쩌면 남극과 북극까지 갔다 왔을지도 모르니까.

경험하지 않아도, 무언가를 보면 가슴이 뛰고 행복한지 알 수가 있다. 남들에 비해 부족하다는 이유로 세상에 실행하지 못하는 일은 없다. 그냥 좋아하는 걸 하고, 원하는 걸 이루면 된다. 배우가 되려면 오디션에 합격해야 하고, 관객들 앞에 서기까지 수많은 과정이 필요하지만 나는 그 꿈을 〈띱〉으로 이루고 있다고 감히 말할 수 있다. 배우라는 길을 하나로만 생각했다면 지금도 여기저기 오디션을 찾아다니고 낙담하고 도전하는 과정만 반복하고 있었겠지만, 〈띱〉을 통해 대중에게 나의 연기를 보여주고 평가받으면서 또 다른 형태의 배우로서의 삶을 살아가고 있다.

정극 연기에 아쉬움이 있지 않냐고 묻는다면, 물론 있다. 하지만 내가 〈띱〉을 한다고 해서 그 꿈을 포기한 건 아니다. 아직 그 기회는 찾아오지 않았기에 끊임없이 두드리고 노력할 것이다. 그 일 하나만을 기다리며 살 수는 없다. 꿈도 여러 개, 내가 할 수 있는 일도 여러 개인데, 지금은 내가 더 잘하는 연기를 하면서 언젠가는 찾아올 기회가 그냥 스쳐 지나가지 않게 준비하며 기다리는 것도 방법이라고 생각한다.

그래서일까? 혹자는 꿈을 '명사'가 아닌 '동사'로 생각하라고 했다. 내가 되고 싶은 게 '배우'라는 명사가 아니라, '사람들에게 내 연기 보여주기'라는 동사가 되면 어떤 플랫

폼에서든 연기할 수 있다. 연기의 형태는 우리가 생각하는 것보다 훨씬 더 다양하니까. 그렇게 생각하면 지금까지 난 꾸준히 내 꿈과 함께했다. 관객이 많지 않았던 어린이 뮤지컬부터 연극, 웹드라마, CF를 포함한 다양한 작품, 그리고 〈띱〉까지. 배우라서 해낸 일이 아니라, 사람들에게 내 연기를 보여주고 싶다는 마음 하나로 버티고 해낼 수 있었던 게 아닐까?

그럼 다시 꿈을 생각해 보자. 명사가 아닌 동사로 된 꿈! 그리고 그 꿈의 동사를 미래형이 아닌 현재형으로 만들어 보자. 여전히 나는 '사람들에게 내 연기 많이 보여주기'를 목표로 할 것이고, 연기를 할 수 있는 곳이라면 어디든 달려갈 것이다.

세상의 모든
지망생에게

어떤 꿈이든 지지 않는 것보다
지치지 않는 게 중요하다

〈띱〉을 하면서 재밌고 다양한 기회가 많이 찾아왔다. 그 중 하나가 강연이다. 수많은 청소년 앞에서 꿈에 대한 이야기를 들려줬고, 이렇게도 소통할 수 있다는 게 신나고 즐거웠다. 사람들 앞에서 내 이야기를 하는 게 내 꿈은 아니었지만, 어쩌면 꿈을 이룬 기분이 이렇지 않을까 싶었다. 그만큼 설레고 소중했던 기억이다.

만약 나에게 다시 한번 강연을 할 수 있는 기회가 생긴다면 그때는 배우 지망생들을 만나고 싶다. 우리 모두 한 번쯤 지망생의 길을 걷지 않았을까? 공무원 지망생, 의대 지망생, 작가 지망생 등. 배우 지망생은 내가 지나온 길이고, 지금도 배우라는 꿈을 향해 달려가고 있다. 어쩌면 '지망생'이라는 단어에 갇혀 있는 그들보다 겨우 몇 발짝 앞서 있기에, 내가 해줄 수 있는 말도 분명 있다고 생각한다.

혹시라도, 말할 기회가 생기지 않을 수도 있으니 이 책을 빌려 해주고 싶은 말은 간단하다. 지지 않는 것보다 지치지 않는 게 중요하다는 것. 이 일은 얼마나 오래 버티느냐의 싸움이라고 말한다. 하지만 나는 이 표현을 그다지 좋아하지 않았다. 꿈을 위해 애쓰고, 노력하는 걸 보고 버틴다니! 버틴다는 말이 자존심을 상하게 했던 것 같다. 좋아하는 일을 하면서 왜 꾸역꾸역 버려야 하는 건지 이해할 수 없었지만, 이제는 조금 알 것도 같다. 어떤 일이든 마찬가지가 아닐까? 강한 자가 살아남기도 하지만, 결국 살아남는 자가 강하다는 인생의 진리 말이다.

배우 지망생이었을 때도 쉽게 공감할 수 없었던 그 말을 이제는 경험과 진심을 담아 전해줄 수 있을 것 같다. 20대 초반에 내가 가장 많이 했던 고민도 이렇게 무작정 쉬기만 해도 되는 걸까였다. 이건 내가 만나온 수많은 배우도 공감 했던 마음이다. 모든 배우가 주연부터 시작하는 게 아니니 까, 초반에는 조연이나 보조 출연자로 시작하다 보니 연기 하는 시간보다 기다리는 시간이 더 길다.

이렇게 무작정 기다리는 게 맞는 건가 싶어 따로 연기연 습을 해야 할 것 같아 부지런하게 연습하지만 아무에게도 보여주지 못하는 연기는 무의미하다. 결국 우리가 할 수 있 는 일은 기다리는 일뿐이다. 하지만 어떻게 기다리는지가 중요하다. 노하우가 쌓인 지금은 쉴 수 있을 때 잘 쉬려고 애쓴다. 마음은 물론 불안하고, 답답하지만 기회는 언제 어 떻게 찾아올지 모르니까 휴식마저도 의미 없이 보내지 않 고 내 시간으로 만들어두려고 한다.

하지만 쉰다는 게 말처럼 쉬운 일이 아니라는 것도 분명 안다. 일이 없는 시기가 찾아올 때면 내 선택이 옳았는지 고민하게 된다. 그 고민은 30대가 된다고 해서 달라지지 않는다. 공백기에는 스스로를 안정적으로 유지하는 것이 중요하다. 꿈 말고도 내가 좋아하는 다른 것을 찾고 즐겨야 한다.

그렇게 가장 편안한 상태를 만들어놓고, 불안에서 이겨 내는 힘을 길러야 한다. 그리고 우리 인생은 과도하게 겁먹을 필요가 없다. 어차피 모든 사람에게 주어진 한 번의 인생이고, 꿈과 목표가 있다면 어떻게든 된다. 계속 이 일을 할 수 있는 의지만 있으면 된다. 지치지 말고 도전하되 너무 늦지만 않았으면 좋겠다.

사람들에게 내 이야기를 하는 건 여전히 조심스럽고 부끄럽지만, 그 이야기가 누군가에게 희망이 될 수 있다면 기꺼이 공유하고 싶다. 언젠가 사람들 앞에서 이야기할 수 있는 날이 다시 오겠지? 그때를 위해 앞으로도 의미 있는 경험을 쌓아가며, 차근차근 나만의 에피소드를 더 많이 만들어둘 것이다.

✦

오늘을 살면
미래가 보인다

내가 느낀 행복을 떠올려보면,
그 행복이 우리 옆에 머물러 있음을 알게 된다

나는 가끔 〈띱〉의 마지막을 생각한다. 모든 일은 영원할 수 없기에 어쩌면 당연한지도 모른다. 사람들의 관심을 받지 못하고, 더 좋은 콘텐츠를 만들어내지 못하면 외면받을 수밖에 없다. 그래서 유튜브를 하는 사람들의 마음속 어딘가에는 불안함이 자리 잡고 있고, 책임감과 부담감이라는 이름에서 자유롭지 못한 것도 사실이다. 그래서 때로는 이런 감정에서 하루라도 빨리 벗어나고 싶다는 생각도 들지만 뭐가 됐든 끝을 떠올리는 건 언제나 두려운 일이다.

어쩌면 마지막 〈띱〉 촬영 때 나는 펑펑 눈물을 쏟을지도 모른다. 아니면 누구보다 담담하게 모두를 응원하며 웃으면서 박수 칠 수도 있다. 그게 아니면 몇 날 며칠 우리가 찍었던 영상을 되돌려 보고 있을지도 모르고, 당분간은 쳐다보지도 않겠다며 아이디부터 지워서 없애버릴 수도 있다. 하지만 이건 다 나의 상상이고, '그럴지도 모른다'일 뿐이다. 아무리 대비하고 예측해도 실제로는 어떤 방향으로 흘러갈지 모르는 우리 인생처럼 말이다.

이렇게 걱정한다고 달라질 건 없다. 그렇다면 방법은 하나다. 현재를 즐기는 것만이 해답이 될 수 있지 않을까? 그렇지만 이 순간을 즐긴다고 해서 걱정을 안 할 수도 없다. 일부러 다른 생각으로 머릿속을 채우고 싶어 스케줄을 더 빡빡하게 잡아보기도 하지만 그렇다고 불안함과 두려움이 사라지는 건 아니다. 머리를 쉬게 하려고 몸을 더 혹사한다고도 하는데 그러다 몸도 머리도 다 망가질 수도 있다. 그렇다면 몸도 마음도 편안하게 즐기면서, 걱정할 건 걱정하는 게 더 낫지 않을까? 편안함과 걱정을 한 문장에서 함께 쓴다는 게 모순적이지만 그럼에도 우리는 오늘을 살아야 한다. 걱정을 하면서도 웃을 일이 생기면 웃기도 하고, 불안을 느끼면서도 재밌는 일은 해봐야 하는 게 인생이다.

힘든 일이 생겨도 우리는 〈띱〉 촬영을 해야 했고, 번아웃이 찾아와 모든 일이 무의미한 것처럼 느껴져도 다른 사람에게 웃음을 줘야 했다. 그게 지금 우리가 해야 할 일이었다. 내일은 어떤 일이 벌어질지 아무도 모른다. 마치 하루살이라도 된 것처럼 오늘을 살다 보면 지금의 시간이 소중해진다. 내일까지, 혹은 먼 미래까지 생각하다 보면 오늘에 집중할 수 없다.

오늘 아침 잠에서 깼을 때 갑자기 먹고 싶은 게 생각나서 기분 좋게 일어났다든지, 어떤 옷을 입을까 고민하다 날씨를 체크하려고 창문을 열었는데 기분 좋은 바람이 뺨에 잠깐 머물렀다든지, 다들 바빠 혼자서 밥을 먹어야 했지만 너무 맛있어서 밥 한 톨 남기지 않고 싹싹 비우고 나왔다든지, 찾아보면 일상에서도 우리를 기분 좋게 해주는 일은 너무나 많다. 그 순간을 떠올리고, 그 덕분에 조금이라도 행복해질 수 있는 오늘을 보내자.

그럼에도 〈띱〉의 마지막이 찾아온다면 고마운 마음을 가득 담아 마지막 영상을 올리고 싶다. 나의 불완전했던 20대를 함께해 줬고, 찬란한 30대를 함께해 준 그 시간과 사람들에게 꼭 고맙다는 말을 전하고 싶다. 계속 생각하면 눈물이 날 것 같으니까, 이 이야기는 여기까지.

4부

반짝이는
그곳에
늘 내가 있다면

내가 나를
제일 잘 알 때

나의 모든 감정이 나를 만들고,
좋은 사람이 되려고 억지로 애쓸 필요도 없다

가끔 김규남은 어떤 사람이냐고 묻는다. 이 질문에 쉽게 대답할 수 있는 사람이 있을까? 한참을 생각했지만 나를 설명할 수 있는 단어는 많지 않다. 순전히 내 생각일 뿐이지만, 날 닮은 캐릭터라고 하면 영화 〈인사이드 아웃 2〉에 등장한 '불안이'가 아닐까.

우선 영화를 못 본 사람들을 위해 간단히 영화 소개를 해보자면, 〈인사이드 아웃〉에서는 사람의 머릿속에 존재하는 감정 컨트롤 본부에 기쁨이, 슬픔이, 버럭이, 까칠이, 소심이 다섯 감정이 등장한다. 하루에도 수십 번씩 변하는 감정의 비밀을 유쾌하게 표현해 낸 애니메이션이다. 그리고 2편에서는 기존에 없었던 감정인 불안이, 당황이, 따분이, 부럽이가 추가로 등장하고, 열세 살 사춘기 소녀가 된 주인공을 위해 언제나 최악의 상황을 대비하며 제멋대로 폭주하는 불안이와 기존의 감정들이 끊임없이 충돌한다는 내용이다.

기쁨, 슬픔, 버럭, 까칠, 소심, 불안, 부럽, 당황, 따분 중에서도 날 닮은 캐릭터로 불안이를 꼽은 이유가 있다. 나도 그랬으니까. 나도 미래를 위해서는 당장의 즐거움보다는 지금 아프고 힘든 게 맞다고 생각했다. 불안이는 자신을 소개할 때도 "난 안 보이는 무서운 것들에 대비해 미래를 계획해."라고 소개한다. 그 말이 맞다고 느끼면서도 너무 안쓰러웠다. 어쩌면 나에 대한 안쓰러움이었는지도 모른다.

'불안'이라는 감정은 대체로 부정적으로 느껴지지만 우리가 살아가면서 절대 떼어놓을 수 없는 감정이기도 하다. 성장하기 위해서는 불안함도 느껴야 하고, 그 불안함 속에서 나만의 노하우가 생긴다. 불안이는 주인공을 여러 위기 상황에서 보호하기 위해 애쓰지만, 결국 그 감정을 컨트롤하지 못해 소용돌이 안에서 얼어버린다. 너무 불안해서 그만 발작을 일으킨 것이다. 이 장면에서 나를 포함해 많은 사람이 눈물을 흘렸다. 혼자서 얼마나 불안했으면 그 감정을 감당할 수 없었을까. 결국 기쁨이가 불안이를 구하고, 다른 감정이 불안이를 꼭 안아주는 장면은 마치 나를 위한 위로 같아 마음이 뭉클해졌다.

　영화 속 기쁨이를 보면서 나 또한 지금 하는 일이 재미있을 것 같아 시작했다는 걸 깨달았다. 지금의 즐거움을 생각한 것이다. 재미있으려고 시작했으면서 늘 불안해하고 걱정한다. 하지만 이제는 다가오지도 않은 미래 때문에 불안해하고 조급해지기 싫다.

우리는 자신에게 좀 더 관대해질 필요가 있다. 남들은 괜찮다고 하는데 스스로를 부정하며, 높은 기준에 도달하지 못했다고 자책한다. 타인과 자신의 위치를 비교하며 한없이 좌절감을 느끼고 무기력해지기도 한다. 그건 진짜 자신의 모습이 아니다. 하지만 이런 모습도 자연스러운 일부일 수 있다. 타인의 시선을 의식하고, 때로는 무력감을 느끼는 것도 인간적인 모습이다. 다만 그것에 지나치게 얽매일 필요는 없다. 각자의 성격과 특성이 있듯 불안이나 걱정도 일상의 한 부분으로 받아들여야 한다.

불안이란 영원히 없앨 수는 없으니, 그 불안과 함께 일상을 즐겨보면 어떨까? 그러기 위해서는 먼저 자신을 아는 게 중요하지 않을까? 나는 무엇을 좋아하고, 무엇을 할 때 행복하고, 어떤 말에 사르르 풀리기도 하며, 어떤 행동에 화가 나는지. 다른 사람 말고 내가 먼저 나를 알아야 한다. 좋은 것도, 나쁜 것도 모두 내 모습이니까 굳이 감추려고 하지 않아도 된다. 감정을 다루는 것은 누구에게나 어렵고 힘든 과제이기에, 스스로를 이해하고 받아들이는 시간이 필요하다. 자, 그럼 다시 한번 묻고 싶다.

"나는 어떤 사람일까?"

✦

물 들어올 때는
그저 그 물을 즐기자

모든 걸 열심히 하려고 애쓸 필요는 없다.
지금을 즐기는 것도 노력일 테니까

내가 이 일을 할 수 있기까지의 일등 조력자라고 하면 엄마를 빼놓을 수 없다. 배우가 되기 위해 서울에 간다고 했을 때, 친척들은 모두 반대했지만 엄마와 가족만은 예외였다. 대놓고 네가 무슨 배우가 되겠다고 그러냐며 반대한 사람도 있었으니, 차마 나에게는 하지 못했던 더 신랄한 말을 가족에게 쏟아낸 사람도 많았으리라고 생각한다.

그중 외할머니 얘기를 해보자면, 그 시절을 살아온 어르

166

신들과 마찬가지로 외할머니에게 최고 직업은 공무원이다. 밥벌이를 하려면 무조건 공무원이 되어야 한다는 생각이셨고, 당연히 내가 배우가 되고 싶다고 했을 때도 엄청난 반대를 하셨다. 배우로 데뷔한 뒤에도 할머니의 신념은 꺾이지 않았다. 아직 늦지 않았으니까, 힘들면 고향으로 돌아와 공무원 시험 공부를 시작하라고 늘 말씀하셨다.

이쯤이면 충분히 예상되고도 남는다. 나한테도 이렇게 말할 정도이니 엄마에게는 더 심한 잔소리를 하셨을 것이다. 하지만 엄마는 아무 말도 하지 않았다. 한참이 지나 들어보니 외할머니의 레퍼토리는 늘 똑같았다고 한다. 자식이 안정적이고, 편한 길을 갈 수 있게 도와야지 부모가 돼서 왜 규남이를 서울로 보냈냐고. 지금 생각해 보면 엄마도 자신의 엄마에게 약간의 반항심이 더해지지 않았을까? 자존심 강한 내 성격이 아마도 엄마를 쏙 빼닮은 것 같다.

결국 손녀에 대한 걱정으로 외할머니의 잔소리가 깊어

질 때마다 엄마는 나를 더 믿을 수밖에 없었다고 한다. 엄마는 엄마의 엄마와 싸우면서까지 내 꿈을 지켜준 것이다. 엄마가 나를 믿어주지 않았다면 지금의 나도 없었을 거라는 걸 안다.

엄마는 항상 인생이 소풍이라고 했다. 그래서 하루하루가 소풍 온 아이처럼 행복하다고 한다. 소풍, 나도 소풍 가는 날이 참 좋았다. 엄마가 직접 싸주는 김밥에, 공부 생각은 잠시 밀어두고 약간의 일탈을 즐길 수도 있었던 소풍날이 1년에 딱 두 번뿐이라는 게 너무 아쉬웠다. 하지만 그 소풍이, 1년 내내 이어진다니 솔직히 엄마의 표현을 이해하기 쉽지 않았다. 그럼에도 엄마는 나 또한 내가 하고 싶은 일을 하면서 소풍 온 것처럼 즐겁게 살라는 말을 아끼지 않는다. 소풍까지 와서 책 펴놓고 공부하고, 하기 싫은 일을 하면서 있을 수는 없으니까, 소풍 같은 지금을 즐기라고 한다.

어떻게 하면 매일매일이 행복할 수 있을까? 하루를 대하는 엄마의 모습을 볼 때면, 진심으로 시간을 즐기고 감사할 줄 안다는 게 느껴진다. 좀 더 나이가 들어 엄마 나이가 되면 그때는 깨달을 수 있을까? 내가 엄마를 쏙 빼닮았다면 나의 20대가 그렇게까지 힘들지는 않았을 것 같다. 그래서 지금부터라도 엄마를 닮고 싶다. 나는 엄마 딸이니까 쉽게 닮아갈 수 있으리라 생각한다. 그렇게 또 엄마를 닮아가려고 애쓰는 나에게 엄마가 해준 말이 있다.

"남들은 물 들어올 때 노 저으라고 하잖아. 잘될 때 더 열심히 해서 좋은 기회를 잡으라는 건 알겠는데, 솔직히 말해서 엄마는 그 말 싫어. 노를 젓든 말든, 그냥 지금을 즐겨. 노를 젓는 게 즐거우면 그렇게 해도 되지만, 그렇지 않으면 억지로 노를 저을 필요는 없다는 거야. 가만히 내려놓고 물살에 흘러가면서 풍경도 좀 보고, 물살도 느끼고 그래도 돼. 무조건 즐기는 게 먼저야. 알았지?"

나중에 내가 엄마가 되면 내 아이에게 이렇게 말해줄 수 있을까? 조금만 더 힘내라고 응원을 해줄지언정 무조건 즐기라는 말은 하지 못할 것 같다. 그럼에도 지금은 엄마의 말을 기억하고 싶다. 그래, 물 들어올 때 노만 젓지 말고 그저 그 물을 즐기자고.

나와
같지 않다는 것

우리는 모두 자신만의 방식으로
치열하게 살아간다는 걸 인정하자

나에게는 언니가 한 명 있다. 언니는 소탈하고 소박한 행복을 누릴 줄 알며 모든 것에 감사할 줄 아는 사람이다. 그리고 무엇보다 화를 못 낸다. 못 내는 게 아니라 아예 '화'라는 감정 자체가 없어 보인다. 자매끼리는 어릴 때 머리채를 잡고 싸우기도 하고, 상대방이 가진 것을 질투해서 뺏고 빼앗기기도 한다는데 우리 자매는 그렇지 않았다. 언니와 있으면 아예 싸움이 되지 않는다. 시작조차 할 수가 없다. 어떻게 세상에 이런 사람이 존재할 수 있을까를 언니를 보면서 수도 없이 생각했다.

　나는 화가 나고, 분해 죽겠는데 똑같은 상황에서 언니는 "그게 왜 화가 나?"라고 되묻는다. 그게 왜 화가 나냐니, "보면 몰라?"라고 대답해 주고 싶은 순간이 한두 번이 아니었다. 나이가 들면서 이 모습 역시 언니의 성격이니까 그렇게 반응할 수 있겠다고 생각하지만, 나와 다른 점이 한둘이 아니라는 걸 또 한 번 느끼게 된다. 어쩜 한 배에서 태어난 자매인데 달라도 이렇게 다를 수가 있을까?

　무엇보다 언니와 나의 가장 큰 차이점은 목표를 대하는 방식이다. 나는 목표를 세우면 목표를 이뤄내기 위해 끝장을 봐야 하는 스타일이지만 언니는 아니다. 매우 평화롭다. 목표를 이루기 위해 애쓰긴 하지만 스트레스를 받거나 힘들다고 느끼면 바로 그 일을 놓아버린다.

　하지만 언니만의 이유도 분명히 있다. 행복하기 위해 꿈을 꾸는 건데 그 꿈이 자신을 힘들게 하면 더 이상 꿈이 아니라는 것이다. 세상에는 재밌는 일이 수없이 펼쳐져 있는데, 굳이 힘든 일에 매달릴 필요는 없다고 한다. 그리고 다시 좋아하는 일을 찾는다.

언니의 그런 면이 부러울 때도 있지만 한편으로는 이해가 되지 않았다. 어떻게 저기서 포기하지? 어떻게 자기 자신한테 질 수 있는지 나로서는 도저히 납득할 수 없었다. 사람이 좀 독해져도 될 것 같은데 한없이 느긋하고, 의지박약인 모습에 화가 나서 엄마를 붙잡고 뒷담화를 시도한 적도 있다.

"엄마! 난 연기하는 게 너무 힘들지만 포기하기는 싫어. 자존심 상해. 그런데 언니였으면 금방 포기했겠지? 언니는 자기가 행복한 게 우선이잖아."

하지만 엄마의 대답은 내 예상을 빗나갔다.

"너처럼 사는 게 꼭 정답은 아니야. 그리고 너만 그 일을 해낼 수 있는 것도 아니고. 네 언니에게는 그 결정이 행복이고, 언니도 한다면 하는 사람이야. 넌 모르겠지만 엄마 눈에는 다 보여."

나처럼 아등바등하지 않고 열심히 하지 않아도 해낼 수 있다는 사실이 처음에는 믿기지 않았다. 아니, 믿고 싶지 않았다.

하지만 이제는 안다. 내 눈에 한없이 헐렁하게 보이는 언니도 자신만의 방법으로 치열하게 살아오고 있고, 그러기까지 얼마나 많은 고민과 선택이 있었을지. 내 삶의 방식을 모두에게 적용할 필요도 없고 다른 사람의 방식을 무시할 이유도 없다. 분명한 건 우리는 저마다의 모습으로 꿈을 꾸고 하루하루 치열하게 살아가고 있다는 것이다.

내 속에 내가
너무 많아

책은 우리를 위로하고,
응원하고, 사랑에 빠지게 한다

나는 책을 참 좋아한다. 진짜 쉬어야겠다는 생각이 들고, 의미 있게 쉬고 싶을 때면 책을 읽는다. 책을 통해 다른 사람의 감정에 공감하기도 하고, 내가 몰랐던 세계로 초대받기도 한다. 기억하고 싶은 문장은 꼭 메모해 두고 내가 읽은 좋은 책은 다른 사람에게 추천하면서 책과 함께 살고 있다.

감히 나의 인생 책이라고 꼽을 수 있는 작품 중 하나는 공지영 작가의 《무소의 뿔처럼 혼자서 가라》다. 무려 1993

년에 출간된 소설이니, 나보다 더 나이가 많은 작품이다. 책의 제목이기도 한 《무소의 뿔처럼 혼자서 가라》는 가장 오래된 불교 경전에서 따온 말이라고 한다. 홀로 서지 못해 고통받는 사람들에게 해주고 싶은 표현이라고 하는데, 그 의미를 정확하게 이해할 수 없지만 왠지 느낌으로는 알 것 같다.

이 책이 좋았던 건 한창 에세이에 빠져 있을 때 소설의 맛을 느끼게 해준 작품이기 때문이다. 연기를 시작한 지 얼마 안 됐을 때는 작품 속 캐릭터에 대한 일차원적 생각에 갇혀 있을 때가 많았다. 주인공이 밝은 성격이면 친구나 가족에게도 언제나 쾌활하고 유쾌한 말만 할 것이라고 생각했고 철이 없는 캐릭터면 눈치 없는 말만 해댈 것이라고 이해했는데 이 책의 주인공은 달랐다.

내 기준에서 엄청 조용하고 어두운 인물이었는데 어느 날 컵을 바닥에 던져서 깨는 장면이 나온다. 그 장면이 너무 충격적이었다. 조용한 인물이 그런 행동을 할 수 있다는 게 신선하고 놀라웠다. 조용하다고 해서 행동도 조용하리라고 생각했던 일차원적 생각이 깨지고 확장되는 느낌이었다. 생각해 보면 겉보기에 밝은 사람도 자신만의 고민과 외로움이 있기 마련이고, 철이 없어 보여도 어떤 면에서는 의젓하고 대견할 수 있는데 그때까지의 나는 그런 부분을 놓쳐왔던 것 같다. 나만 해도 그렇다. 겉으로 보기에는 쾌활하고, 명랑해 보이지만 집에 가면 눈물 흘리고, 불안해한다는 걸 어느 누가 상상이나 할까? 이 깨달음은 연기를 하면서 작품 속 캐릭터를 이해하고, 성격을 설정하는 데도 큰 영감을 주었다.

책을 읽다 보면 마치 한 편의 영화처럼 장면들이 머릿속에 그려질 때가 있다. 글자로 채워진 그 말들을 상상하고 느낄 수 있다는 게 너무 신기했다. 그게 책의 매력이라고 생각한다. 그래서 더 책을 쓰고 싶었는지도 모른다. 우리는 책을 통해 다양한 경험을 할 수 있다. 나처럼 생각의 폭이

넓어지기도 하고, 경험해 보지 못한 세계에 동경과 갈망도 생길 수 있다. 또 같은 경험을 한 주인공에게 연민과 애정을 느끼기도 하고, 인생을 살아가는 지표나 좌우명이 되어 줄 말도 책 속에서 찾을 수 있다.

물론 내가 쓴 책으로 그런 감정을 기대한다는 건 욕심이라는 걸 안다. 그럼에도 현재의 생각과 고민, 어렴풋한 희망을 다른 이들과 나누고 싶었다고 하면 오만일까? 한 명의 독자라도 내 이야기에 공감하고 위안을 얻을 수 있다면 의미가 있을 것이다. 그리고 좀 더 시간이 흐른 뒤 다시 이 책을 펼쳤을 때, 서른을 앞둔 나는 이런 생각을 했구나, 여전히 이런 부분은 부족했구나를 느끼고 깨달으며 더 괜찮은 나로 성장해 가고 싶다. 어쩌면 책이 나온 뒤 너무 부끄러워 두 번 다시 펼쳐보지 않을 수도 있고, 시간이 지나도 여전히 같은 고민과 불안으로 힘들어할지도 모르지만 지금은 내가 꿈꾼 일을 하나씩 해나가고 있는 나를 토닥토닥 쓰담쓰담 칭찬해 주고 싶다.

그럼에도
기꺼이

좌우명은 비바람에도 흔들리지 않는
나의 바람막이가 된다

　　내가 좋아하는 글귀 중 하나는 이슬아 작가의 에세이 〈부
지런한 사랑〉에 등장하는 문장이다. 너무 좋아해서 툭 치
면 줄줄 외울 정도로 머리와 가슴으로 기억한다.

　　"남에 대한 감탄과 나에 대한 절망은 끝없이 계속될 것
이다. 그 반복 없이는 결코 나아지지 않는다는 걸 아니까
기꺼이 괴로워하며 계속한다."

'기꺼이' 마음속으로 은근히 기쁘게, 괴로워하며. 괴로움과 기쁨이 동시에 공존하는 것이 나에게는 연기다. 연기에는 기꺼이 괴로워할 힘이 있다. 대본을 보며 밤새 뒤척이고, 연습실 거울 앞에서 수십 번 같은 장면을 반복하고, 때로는 내 부족함에 좌절하면서도 행복한 이유다.

그동안 내가 주로 해온 연기는 어두운 과거를 가지고, 슬픔이 내재되어 있는 역할이었다. 내 연기를 통해 관객들이 같이 슬퍼하고, 함께 눈물을 흘려주길 바랐다. 하지만 〈띱〉을 하면서 눈물짓게 하는 것만큼이나 웃음 짓게 하는 것도 힘들다는 걸 알았다. 웃음은 헤프지 않다. 그럼에도 〈띱〉을 보며 무장해제 된 것처럼 호탕하게 웃기도 하고, 하루하루 살아가는 게 너무 힘들지만 〈띱〉 덕분에 웃었다는 댓글을 보면서 경험해 보지 못한 감정을 느낀다.

이제 나는 사람들을 울리고 웃기고 싶다. 울리는 것도 힘들고, 웃기는 것도 쉽지 않다는 걸 누구보다 잘 알지만 내 연기를 보는 순간만큼은 관객이 캐릭터의 심정을 솔직 담백하게 느끼고 울고 웃었으면 좋겠다. 슬픔도 기쁨도 모두 삶의 일부분이니까. 그러기 위해 기꺼이 괴로워하면서 부딪치고, 배우고, 연기를 해나갈 준비가 되어 있다.

나만의 방식으로
선택하기

고민과 선택 속에서 발견한
나다운 답

〈띱〉이 사람들에게 사랑받고, 일이 조금씩 늘어나면서 고민이 생기기도 한다. 그중 하나는 내가 해야 할 것과 하지 말아야 할 것에 대한 결정이다. 기꺼이 해내겠다고 다짐했지만 현실적으로나 물리적으로나 할 수 없는 일도 있기에 슬기롭게 거절하고 포기하는 건 언제나 어렵다. 놓치고 나서 후회한 적도 수없이 많고, 기다리기만 하다가 일이 없어 우울해하기도 한다. 그래서 잘 결정하고, 내 것으로 좀 더 잘 받아들이고 싶다.

물론 이런 고민은 행복한 고민이기도 하다. 결정해야 할 일이 늘어갈 때마다 그래도 내가 열심히 살아왔구나를 깨닫기도 하지만 선택은 늘 어렵다. 그래서 선택의 기로에 서면 딱 세 가지만 생각한다는 누군가의 말을 나도 한번 따라 해보기로 했다.

내가 좋아하는 일인가?
나의 명예에 도움이 되는 일인가?
돈이 되는가?

이 세 가지 중 하나라도 해당한다면 고민하지 말고 선택하자고 마음먹었고, 그렇게 했더니 한결 결정이 쉬워졌다. 물론 누군가는 이 방법이 현명하지 않다고 말할지도 모른다. 하지만 이렇게 나만의 방법을 찾아가고, 고민을 반복하다 보면 사는 게 한결 쉬워지지 않을까?

물론 쉽게 사는 인생을 바라지는 않는다. 기꺼이 괴로워할 힘이 나에게 분명히 있으니까. 어떤 선택이든 그 속에서 배우는 게 있고, 그렇게 조금씩 단단해진다는 것을 믿는다.

그래서 더욱 소중하다. 이렇게 나만의 방식으로, 천천히 한 걸음씩 나아갈 수 있다는 것이. 결국 중요한 건 선택의 결과가 아니라, 그 과정에서 얼마나 성장하느냐일 테니까. 우리는 모두 각자의 방식대로 선택하고, 고민하고, 성장해 나간다. 그 과정에서 마주치는 후회와 아쉬움까지도 결국 우리를 더 단단하게 만드는 힘이 되어줄 거라 믿는다.

상상의
즐거움

나의 미래는 내가 꿈꾸는 모습
그대로 바뀔 거라는 믿음

    중학생 때였을까, 내가 꿈꾸는 미래의 모습을 그림으로
그려본 적이 있다. 짙은 초록을 뽐내는 싱싱한 잔디가 깔린
마당 넓은 이층집에, 마당에는 털이 복슬복슬한 하얀 강아
지 한 마리가 뛰어놀고 있다. 담이 낮은 집이라 누구나 지
나가며 평화로운 그 모습을 볼 수 있고, 대문 앞에는 빨간
스포츠카가 한 대 세워져 있다. 그리고 그 차 앞에서 내가
활짝 웃으며 서 있는 그림이었다.

어쩌면 그 시절의 내가 상상할 수 있는 최고의 행복이었고, 미래의 나는 누구보다 화려하고 성공한 삶을 살고 있으리라는 희망이 있었다. 물론, 이층집과 스포츠카, 마당을 뛰어노는 강아지가 행복과 성공을 의미하는 건 아니지만 우리의 상상력은 크게 다르지 않다고 생각한다. 지금도 그 생각은 크게 달라지지 않았다. 다시 미래의 모습을 그림으로 그려보라고 해도 비슷하게 그릴 것 같다.

미술 심리학을 공부한 적은 없지만, 좀 더 전문적으로 그림에서 심리를 파악하기 위해서는 집의 크기가 그림에서 차지하는 비중은 어떤지, 창문은 몇 개가 있는지, 사람은 옆모습인지 앞모습인지 등등 많은 것을 따져봐야 한다고 한다. 하지만 제일 중요한 건 그림의 느낌이다. 이 그림을 그릴 때의 기분은 어땠는지, 완성된 그림을 보면 어떤 감정이 느껴지는지가 중요하다. 그림 속의 사람이 행복해 보이고, 평화롭고 따뜻하다면 그린 사람의 심리도 그럴 것이라고 한다. 나의 그림이 그랬다. 상상하는 것만으로도 행복한 미래였던 모양이다.

예전에 나의 꿈이 '배우' 하나였다면 지금은 다양한 경험을 해보고 싶다. 〈띱〉을 하면서 나는 충분히 할 수 있는 사람이고, 꿈이 하나일 필요는 없다는 것을 깨달았기 때문이다. 배낭여행을 하면서 세계 일주를 해보고 싶다. 여행을 좋아하니까 낯선 곳에 대한 두려움은 크지 않지만, 배낭여행이라는 극한 상황을 경험해 보고 싶다. 그리고 내가 살집을 설계부터 자재 선택까지 참여해 직접 지어보고 싶다. 오래전 건축 관련 자격증을 딴 이유도 인테리어와 건축에 관심이 많았기 때문이니까, 그 자격증을 충분히 발휘해 보고 싶다.

지금 당장 내가 지을 집의 모습을 머릿속에 그려보면, 자연 친화적인 소재로 가득 채워져 있다. 한지 조명을 달고, 리넨 소재의 커튼이 드리워진 나만의 공간. 여기서 끝이 아니다. 기회가 되면 아기자기한 공방을 차리거나 소품 숍을

운영해 보고 싶다. 가구를 직접 만들어보고, 전국을 돌아다니며 사람들에게 내가 가진 노하우와 경험을 이야기해 주고 싶기도 하다.

생각하면 할수록 하고 싶은 일이 너무 많다. 그중에는 내가 잘할 수 있는 일이 있고, 잘할 수 없는 일도 있지만 '할 수 있다'가 아닌 '하고 싶다'는 것이다. 꿈은 누구든 꿀 수 있는 거니까. 구체적이지 않아도 좋다. 실현 가능성이 없다고 마음속에만 담아둘 필요도 없다. 자꾸 내뱉다 보면 그 꿈에 살이 더해지고, 목표가 수정되고, 즐거움이 따라올 테니까. 또 뭘 해보면 좋을까?

나만의
기우제

될 때까지
멈추지 않기로 했다

아프리카에서는 기우제를 올리면 꼭 비가 온다고 한다. 그 이유는 비가 올 때까지 기우제를 올리기 때문이라는데, 너무 얼토당토않은 이 이야기를 들었을 때는 헛웃음이 났고 왠지 모를 희망이 샘솟았다. 내가 바라는 일을 될 때까지 하면 이룰 수 있다는 말로 들렸기 때문이다. 어떤 날은 하늘이 맑아서, 또 어떤 날은 바람이 너무 세서 비가 오지 않을 것 같다. 하지만 아프리카 사람들은 알고 있을 것이다. 끝없이 하늘을 올려다보며 기우제를 지내다 보면 반드시 비가 내린다는 것을. 나는 오늘도, 아프리카 사람들처럼 나만의 기우제를 올리고 있다. 멈추지 않고 계속하다 보면 나에게도 봄비가 내리겠지!

문득 떠올려본다. 이 모든 시간이 쌓인 먼 훗날의 나는 어떤 모습일까? 단순히 목표를 이루는 것을 넘어, 그때의 나는 어떤 사람이 되어 있을까? 나는 내가 좋아하는 게 뭔지 가장 잘 아는 사람이 되고 싶다. 좋아하는 것 사이에 둘러싸여 사는 할머니가 되고 싶다. 내가 날 너무나 잘 알아서 나를 잘 모르는 사람들이 나에 대해 하는 말들에 콧방귀 끼며 진한 커피 한잔 들이켤 수 있는 할머니. 좋아하는 찻잔에 좋아하는 꽃무늬 옷에 좋아하는 머리 스타일을 하고 푸하하 웃을 수 있는 할머니. 인생의 모든 걸 다 알아차린 듯 잇몸 만개한 할머니. 세상 어떤 것에도 휘둘리지 않을 강인함을 가진 할머니가 되고 싶다. 그때는 내가 나로서 서 있을 수 있을까?

✦

매일매일
수상 소감 말하기

오늘의 감사함을 입으로 내뱉고,
말의 힘을 믿어보자

잠들기 전에 나는 잠자리에 누워 수상 소감을 연습한다. 나만의 이 의식은 중학교 때부터 시작됐다. 사실 거창하게 말해서 수상 소감이지, 그냥 입 밖으로 내뱉는 일기를 쓰는 것이다. 오늘 하루 어땠는지, 감사한 일은 없었는지 찬찬히 떠올리다 보면 따뜻한 마음으로 잠자리에 들 수 있다. 그리고 그 말들을 정리해서 일기로 남긴다. 이렇게 쓰고 보니, 매일 밤 나는 할 일이 꽤 많다. 수상 소감 말하랴, 일기 쓰랴, 그럼에도 빼놓을 수 없는 나만의 루틴 같은 일이다.

가끔 우리는 말의 힘을 잊고 살 때가 있다. 말하는 대로 이뤄진다고 하면서도 나에게는 그런 기적이 찾아오지 않을 것만 같아 자꾸 그 힘을 의심한다. 하지만 꿈과 생각을 계속해서 입 밖으로 내뱉다 보면 어느새 꿈같은 일이 우리의 옆자리를 채워주지 않을까?

우리의 생각과 신념이 말을 통해 드러나고, 그 말은 행동이 돼서 습관처럼 내 삶을 지배한다. 누군가의 따뜻한 한마디에 위로받고, 무심코 내뱉은 말에 상처받으며 살아갈 수밖에 없다면 좋은 말, 고마운 말을 내가 나에게 해줄 수 있다는 생각이 든다. 그러니까 매일 수상 소감을 연습하는 것처럼, 나에 대한 이야기와 감사한 사람에게 보내는 인사, 그리고 앞으로의 다짐까지 끊임없이 내뱉어보자.

이렇게 매일의 루틴을 지켜가며 나는 빨리 나이 들고 싶다. 나의 50대, 혹은 60대의 모습이 너무 궁금해진다. 나이를 먹으면서 어떤 모습으로 변했으면 좋겠다는 이상이 있는 건 아니다. 그냥 자연스럽게 늙어가고 싶다. 그 나이만이 가져다줄 여유와 포기가 행복이 될 거라고 믿는다. 지금처럼, 하루하루 만족하며 지내는 게 꿈이다.

그래도 정말 정말 이루고 싶은 일 딱 하나를 말하라고 한다면, 입 밖으로 꺼내는 것조차 가슴 벅찬 그 일, 시상식 무대에서 수상 소감을 말해보고 싶다. 나의 말투로, 나의 향기로 진짜 '내'가 되어서. 나만의 향기를 가진 이야기로 지켜보는 사람들과 함께 기쁨을 나누고, 간간이 터지는 웃음과 뭉클한 감동까지, 그렇게 내 이야기를 해보고 싶다.

눈을 감고 상상해 본다. 수많은 배우와 제작진, 그리고 팬들로 가득 찬 시상식에서 드디어 내 이름이 호명됐다. 주변 사람들과 가벼운 포옹과 인사를 나누고 무대에 올라갈 차례다. 그리고 오랫동안 준비해 온 그 말.

"안녕하세요, 배우 김규남입니다."

그 순간이 올 때까지 난 또 기꺼이 괴로워하며 한발 한발

내 속도로 나아갈 것이다.

✦

오늘이 버겁고,
내일이 두려운 너에게

〈위대한 쇼맨〉에 나오는 노래 'this is me'는 내게 특별한 노래다. 어둠 속에 숨으라는 말과 상처 입은 모습으로는 사랑받지 못할 거라는 말들에 맞서, 자신의 모든 것을 받아들이고 당당히 드러내는 이 노래는 극도로 긴장했을 때나 작고 초라한 내 모습이 너무 부끄러울 때, 내가 잘해낼 수 있을지 불안할 때가 되면 꼭 듣게 된다. 그러고 나면 무엇이든 해낼 수 있을 것만 같은 용기가 생긴다.

배우 일을 하기로 다짐한 순간부터 마음속 깊이 내재되어 있는 불안이 현재까지도 사라지지 않는 건 사실이다. 일이 없을 때는 '언제쯤 제대로 된 일을 할 수 있을까?', '언제까지 쉬게 될까?' 일이 많을 때는 '이 일이 언제까지 지속될까?', '내가 잘하고 있는 게 맞을까?' 고민한다. 그럼에도 불구하고 이 일을 계속할 수 있는 힘은 나에 대한 믿음이자 인정이다.

나에 대한 믿음 없이는 계속 나아갈 수 없다는 걸 안다. 내세울 것 없고, 보잘것없는 나라도 스스로를 조금 더 믿어보기로 하자. 아무리 누가 뭐라고 해도, 'this is me'. 이게 나다. 누가 뭐라고 하든, 그저 온전한 나로서 살면 좋겠다. 이 책도 내가 '나'로 살고 싶어 버둥거리며 적어본 서른 살의 일기 같은 책이다.

서른의 문턱에 겨우 발을 내딛는 내가, 나와 함께 청춘을 지나가며 오지 않은 미래에 두려워하고, 이미 지나간 그 길을 아쉬워하는 모두에게 감히 용기와 위로를 주고 싶다. 나를 이해하지 못하는 누군가에게, 그리고 나를 부끄러워하는 나에게 말하자.

this is me!

우리 모두가, 그리고 내가, 온전한 나로서 살면 좋겠다.

KI신서 13148
기어코 반짝일 너에게

1판 1쇄 발행 2024년 12월 4일
1판 3쇄 발행 2024년 12월 24일

지은이 김규남
펴낸이 김영곤
펴낸곳 (주)북이십일 21세기북스

인생명강팀장 윤서진 인생명강팀 박강민 유현기 황보주향 심세미 이수진
디자인 어나더페이퍼
출판마케팅팀 한충희 남정한 나은경 최명열 한경화
영업팀 변유경 김영남 전연우 강경남 최유성 권채영 김도연 황성진
제작팀 이영민 권경민

출판등록 2000년 5월 6일 제406-2003-061호
주소 (10881) 경기도 파주시 회동길 201(문발동)
대표전화 031-955-2100 팩스 031-955-2151 이메일 book21@book21.co.kr

(주)북이십일 경계를 허무는 콘텐츠 리더

21세기북스 채널에서 도서 정보와 다양한 영상자료, 이벤트를 만나세요!

페이스북 facebook.com/jiinpill21 포스트 post.naver.com/21c_editors
인스타그램 instagram.com/jiinpill21 홈페이지 www.book21.com
유튜브 www.youtube.com/book21pub

서울대 가지 않아도 들을 수 있는 명강의! 〈서가명강〉
유튜브, 네이버, 팟캐스트에서 '서가명강'을 검색해보세요!

©김규남, 2024

ISBN 979-11-7117-926-8 03810